Mes Amours sans Frontières

Récit autobiographique

Mes Amours sans Frontières

Jemp BERNARD

En application de l'art. L.137-2.-I. du code de la propriété intellectuelle, toute reproduction et/ou divulgation de parties de l'oeuvre dépassant le volume prévu par la loi est expressément interdite.

© Pierre Martin, 2024

Édition : BoD · Books on Demand GmbH, In de Tarpen 42, 22848 Norderstedt (Allemagne)
Impression : Libri Plureos GmbH, Friedensallee 273, 22763 Hambourg (Allemagne)

ISBN : 978-2-3225-3309-1
Dépôt légal : octobre 2024

1.0. INTRODUCTION

1,1, Présentation

LE PRESENT OUVRAGE est composé d'une collection de récits de rencontres amoureuses que j'ai vécues dans ma jeunesse en Belgique, Luxembourg, France et Allemagne. Ils sont tous véridiques et, dans la mesure du possible, je les ai présentées dans leur ordre chronologique. Je vous présente des histoires d'une durée d'un jour jusqu'à deux ans, de tous les goûts, surprenantes, étranges, dramatiques, tristes, difficiles, mais toujours émouvantes.

Afin d'agrémenter ces textes, j'ai introduit des dialogues. Ils sont forcément imaginaires. Impossible de se souvenir des détails des entretiens avec mes interlocuteurs, des décennies plus tard. J'ai veillé néanmoins à ce que ces dialogues ne dénaturent pas le déroulé des scènes véridiques.

Dernière précision très importante: bien que toutes ces histoires datent d'un demi siècle, je prends soin de protéger la confidentialité des informations concernant les personnages intervenant dans mes récits, en changeant les noms des personnes et des villes.

1,2, Quelques acteurs

JE COMMENCE par moi-même. Né dans un petit village des Ardennes luxembourgeoises, je passe mon bac au lycée classique de Diekirch et poursuis ensuite mes études d'ingénieur-électronicien à l'université de Liège.

J'y loue une chambre d'étudiant chez un couple, Monsieur et Madame L. La dame, de petite taille, est adorable, souriante, riante, toujours de bonne humeur. L'homme, obèse, est ce qu'on appelle 'une grande gueule', racontant de grosses blagues sans discernement. Il m'énerve beaucoup, je plains la gentille dame qui est obligée de le supporter. Par chance il est absent la plupart du temps. Il a un métier typiquement inutile: il achète des produits de charcuterie chez les grossistes pour les revendre dans sa tournée des bouchers.

Je lui dois le seul ver solitaire de ma vie. De temps en temps je vois Monsieur L. en train de 'rafraîchir' un jambon en le frottant énergiquement au vinaigre. Vu qu'il arrive à Madame L. de récupérer de temps en temps quelques produits de son mari pour la préparation de notre repas du soir, l'apparition de ce parasite dans mes intestins peut se comprendre facilement.

Ma chambre toute simple est composée d'une seule pièce avec un lit, une table, une chaise, une armoire pour mes vêtements, une étagère pour mes livres et dossiers, ainsi qu'un lavabo d'eau froide. Les WC se trouvent sur le palier, pas de salle de bains.

Trois autres chambres sont louées dans la maison dont deux à des compatriotes luxembourgeois, étudiants comme moi. Tant que j'y suis : il est strictement interdit d'inviter des jeunes filles.

L'un de mes colocataires se fait appeler « Fils ». Sa particularité : il est toujours pressé, rapide, dans l'urgence. Son père lui a payé une petite voiture pour faciliter ses déplacements dans Liège. Au bout de quinze jours d'usage seulement, toujours pressé, il prend à grande vitesse un tournant et se plante contre un lourd camion à l'arrêt pour décharger ses fûts de bière. La belle voiture flambant neuve est détruite, par chance « Fils » n'est pas blessé. Son père, à juste titre, se refuse de lui offrir une autre voiture.

« Fils » a une relation avec une copine, laquelle relation a l'air assez sérieuse, puisque les deux amoureux se rencontrent régulièrement chez les parents de la fille. Un jour « Fils » arrive chez eux, ne trouve personne dans la maison. Il descend à la cave où il découvre la mère de la jeune fille pendue.

Je ne connais pas le fin mot de cette histoire, car « Fils » n'a pas continué ses études à Liège et nous nous sommes perdus de vue.

L'autre copain s'appelle Marc. Il a été mon meilleur ami à Liège, toujours d'humeur égale et disponible pour me soutenir et me remonter le moral, notamment lors des crises avec ma Lucy que nous découvrirons plus loin. Un vrai ami qui m'a tout donné sans compter.

Marc suit des études d'économie et de gestion. Ce cycle étant plus court que mes études d'ingénieur, il est reparti au Luxembourg avant moi. Il n'a pas tardé à se marier avec une jeune fille extraordinairement belle, habitant la même ville que lui.

Lors d'un de mes séjours chez mes parents, ma mère attire mon attention sur une annonce mortuaire toute récente

9

parue dans le journal. Il s'agit de Marc. Un an après la fin de ses études il se marie, un an après son mariage il meurt d'une leucémie foudroyante. Je suis profondément choqué, et par la violence de ce drame, et par la perte subite de mon meilleur ami.

Au cimetière, la tombe de Marc est facile à trouver, elle est recouverte de fleurs jusqu'à déborder sur les tombes voisines. Placé au pied de la tombe, j'éclate en sanglots tout en l'engueulant : « Marc, pourquoi m'as tu fait ce coup – sans me prévenir ? »

2 Scène de la rue

J'HABITE rue Bois l'Evêque, pas loin de la gare des Guillemins, la gare principale de Liège. Cette rue monte vers les hauteurs de Cointe avec leur très beau parc boisé et leurs maisons cossues.

Depuis quelque temps mon attention est attirée par une vieille dame qui n'arrête pas de se promener dans notre rue avec son chien. A petits pas mesurés, elle descend vers l'extrémité de la rue, s'y arrête un bon moment en regardant en direction de la gare des Guillemins. Puis lentement, la tête baissée comme découragée, elle remonte, suivie par son chien fidèle. Il peut arriver qu'elle suive cet étrange périple plusieurs fois dans la journée.

Intrigué, je demande à Mme L. si elle connaît cette dame et si elle a une explication pour cette surprenante démarche. Elle ne sait pas très bien. Tout ce qu'elle peut dire c'est que cette dame a perdu son fils dans des circonstances qu'elle ignore. Elle vit seule et est persuadée que son fils n'est pas mort. Patiemment elle attend son retour et n'arrête pas d'aller à sa rencontre jusqu'en bas de la rue.

Puis un jour la dame a disparu. Sans doute qu'elle est partie retrouver enfin son fils dans un autre monde. Je n'oublierai jamais son doux regard triste de petite vieille qu'elle m'a toujours adressé en me croisant dans la rue.

3 La Carmen du quartier

LES MAISONS de notre rue sont bien plus modestes que celles de Cointe. Elles sont toutes construites selon à peu près le même modèle avec les fameuses briques rouges. Les portes et fenêtres sont entourées de pierres blanches de granit qui arrivent à animer joliment les façades.

Les maisons sont mitoyennes et disposent chacune d'un jardin sur la partie arrière, entouré d'un mur de pierres à hauteur d'homme.

C'est l'été – ce jour, la chaleur est particulièrement lourde. Je me prélasse avec « Fils » et Marc dans le jardin, en attendant le dîner. Soudain nous arrêtons nos bavardages, car nous entendons la voix de la jeune fille, notre voisine, qui plaisante avec ses parents. Je ne me souviens plus de son prénom.

Ni une, ni deux, nous saisissons la table de jardin et la plaçons contre le mur de séparation. Nous avons ainsi une vue directe sur le jardin voisin et la jeune fille qui s'y promène. Elle est aussi contente que nous de cette distraction. Les rires fusent, les blagues s'échangent.

Voici qu'elle nous quitte un instant, se dirige vers un parterre de fleurs et en cueille une particulièrement belle. Au retour elle se dirige vers moi et me jette sa fleur :

« Tiens Ben[1]. Voici, j'ai cueilli cette fleur pour toi. »

Je suis abasourdi. Connaissant bien les opéras les plus célèbres, ce geste me fait penser à Carmen, la tzigane fougueuse qui a une relation enflammée avec José, un officier de la caserne voisine. Pour bien préciser son choix, Carmen lui jette une fleur à la figure. Quelques scènes plus loin, José chante : 'la fleur que tu m'as jetée, elle est restée dans mon coeur'.

Les connaisseurs précisent que le texte correct est '- - est restée dans ma prison', car entre temps José a été emprisonné à cause d'une rixe. Moi, je me donne le droit de préférer mon texte qui est plus romantique que la froide prison.

Reste la question de savoir si notre chère voisine s'est inspirée de Carmen en toute connaissance de cause, ou si elle a agi en un geste purement instinctif. Je n'ai pas connu la réponse, car en dépit de ce geste romantique, l'amour ne s'est pas déclaré dans mon coeur, et nos relations en sont restées à de banales salutations dans la rue.

---

1 *D'où provient le prénom de 'Ben' ? Je n'en ai pas la moindre idée – ou bien j'ai oublié. Une chose est claire : il m'est donné uniquement à Liège par les personnes qui m'entourent à l'époque, c-à-d mes copains étudiants. Pendant cette même période au Luxembourg, je continue à porter mon prénom luxembourgeois de 'Jemp'. Plus tard à Paris, je porte logiquement le prénom de Jean Pierre.*

En tous cas, je déclare avec fierté que peu de garçons peuvent se vanter de copines qui leur auraient déclaré leur amour en leur jetant une fleur. Moi – OUI, et *'la fleur qu'elle m'a jetée, elle est restée dans mon coeur'.*

4 Rhéa

4,1, A l'opéra

LE HASARD veut que l'histoire qui suit dans la chronologie de mes aventures, grandes et petites, évoque, comme l'histoire précédente, la musique d'opéra.

Afin d'améliorer son taux de remplissage, tous les jeudis de spectacle, l'Opéra Royal de Liège vend les places éventuellement restant disponibles une demi-heure avant la clôture aux étudiants à un prix dérisoire. Inutile de dire que j'en profite largement. Cette facilité m'a permis de connaître la vaste majorité des répertoires des opéras français et italiens, au moins une fois.

Avec trois copains nous occupons des fauteuils d'orchestre. En bavardant, je me retourne pour parcourir la salle du regard. Voici que je découvre, trois rangées derrière nous, un groupe de quatre jeunes filles toutes plus belles les unes que les autres. Bien évidemment, dès le premier entracte nos deux groupes fusionnent – si j'ose dire.

Je suis particulièrement attiré par une petite demoiselle, visage agréable, cheveux marron coupés à mi-hauteur, bien faite. Elle a le prénom très spécial et rare de Rhéa, la déesse grecque des montagnes sauvages. Elle est née à l'ex-Congo Belge où son père possédait un magasin de vélos. Lors des événements ils ont pu se sauver et rapatrier leurs biens, pour finalement venir s'installer en Allemagne dans la périphérie de Cologne.

Nous nous entendons de mieux en mieux. Elle m'accompagne de temps en temps à l'opéra. Mais il y a d'autres lieux musicaux que nous préférons, c'est ce qu'on appelle à l'époque les dancings.

Le plus célèbre se trouve rue du Pot d'Or dans le centre animé de Liège. C'est la mode des slows, les Platters qui chantent 'Only you' - Smoke gets in your eyes' - 'The pretender' et bien d'autres airs. Ce qui est particulièrement agréable, si on est suffisamment familier avec la jeune fille, c'est de danser joue contre joue, tendrement enlacés, avec de temps en temps un doux baiser. Pour moi, c'est une première, je découvre des plaisirs insoupçonnés. Quand Rhéa me caresse la nuque, je perds la notion du temps et de l'espace. A la fin de la danse je mets plusieurs secondes pour redescendre sur terre et me localiser sur la piste de danse. Bref c'est l'émerveillement total.

4,2, L'orage

QUAND LE TEMPS s'y prête, nous nous promenons au parc de Cointe tout près. J'en connais tous les sentiers et allées qui sont devenus des parcours de jogging pour moi. Le plus souvent notre promenade à nous se limite au sentier qui mène à un banc à demi caché derrière un bosquet épais dont les branches entourent à moitié notre banc. On dirait que le bosquet nous ouvre ses bras pour nous accueillir sur son banc et nous protéger ainsi. Câlins, tendresses, amour – que de plaisirs inoubliables.

Un jour nous sommes surpris par un violent orage. Le feuillage des arbres n'est pas assez épais pour nous protéger de la pluie. En moins de deux, nous sommes trempés jusqu'aux os. Pour gagner du temps, je propose que chacun de nous rentre seul chez soi. Le chemin du retour de Rhéa est bien plus court que le mien. Il fait encore jour, donc pas de problème particulier pour qu'elle rentre seule. Voilà qu'elle me prend par le bras :

«Mais non Ben – tu peux venir avec moi. Aujourd'hui il n'y a personne à la maison, tous les voisins sont partis. Tu pourras tranquillement te sécher chez moi».

Je suis stupéfait par cette proposition inattendue. De toute façon, il est évident que nous n'y allons pas pour jouer aux dominos. J'ai le trac, je tremble de tout mon corps et j'ai du mal à aligner quelques phrases compréhensibles.

Nous sommes dans sa chambre. Pour sécher nos vêtements mouillés, il faut les enlever. Quand on les a enlevés on est nus, et si on est nus, on a froid. Quand on a froid, on se couche dans un lit, bien au chaud . C'est ainsi que je me trouve dans un lit en compagnie de Rhéa toute nue. Nos corps se réchauffent, ce sont les étreintes, les embrassades, le voyage vers Cythère avec ma déesse Rhéa.

Le temps a passé. Rhéa s'est blottie au creux de mon épaule. Nous récupérons de nos douces émotions. Je me lève et vais voir l'état de mes vêtements, ils sont pratiquement secs.

Alors là! Quelque chose d'incompréhensible se produit. Je me rhabille tranquillement, dis quelques mots gentils à Rhéa et rentre chez moi, comme si de rien n'était. Pourquoi ne suis-je pas resté auprès de ma chérie, tout s'était bien passé. Nous aurions pu rester longtemps, recommencer nos ébats amoureux. Que s'est-il passé ? Je n'en ai plus le moindre souvenir – pas d'incident, pas de malaise, pas de raté.

Dans la suite, j'espère toujours recommencer ces doux entretiens. Je pense à la chanson de Brassens 'L'Orage', où c'est lui qui reçoit sa voisine désemparée durant un orage, puis par la suite espère recommencer l'expérience :

> A partir de ce jour je n'ai plus baissé les yeux
> J'ai consacré mon temps à contempler les cieux
> A regarder passer les nues
> A guetter les stratus, à lorgner les nimbus
> A faire les yeux doux aux moindres cumulus
> Mais elle n'est pas revenue.

4,3, La maisonnette

J'AI APPRIS A CONNAITRE l'opéra « Manon » de Massenet, à ne pas confondre avec « Manon Lescaut » de Puccini. Le premier est une œuvre typiquement romantique à la mode en France seconde moitié du 19e siècle, alors que l'écriture de Puccini est forte, dramatique.

Dans « Manon » de Massenet, une scène m'a particulièrement marqué. L'amoureux de Manon rêve de l'emmener dans une maisonnette au fond des bois, où ils vivraient tous les deux seuls, au milieu du chant des oiseaux. Musique doucereuse, romantique à souhait.

Quelque temps après, cette œuvre est reprogrammée. J'y emmène Rhéa et quand arrive l'air de la maisonnette, je presse sa main :

« Voilà l'air qui me plaît tellement. Je rêve de vivre avec toi dans une telle maisonnette ».

En réaction, elle secoue la tête :

« Pauvre Ben. Tu ne crois quand-même pas que tu pourrais m'emmener dans une maisonnette isolée au fond de la forêt. Tu es stupide et romantique ».

Le coup est dur. Evidemment il ne fallait pas prendre cette histoire au premier degré, mais je croyais naïvement qu'un amoureux devait faire preuve d'une certaine portion de romantisme. Raté.

4,4, Les vacances

LES VACANCES d'été sont là. Cette année trois projets sont au programme :

* un raid à pieds partant de Liège pour arriver chez moi au Luxembourg

* en parlant de ce raid à Rhéa, elle m'apprend qu'elle passera quelques jours dans un petit village tout proche de mon itinéraire. Nous aurons ainsi le plaisir de nous revoir lors de mon escale

* depuis quelque temps nous avons convenu que je passerais quelques jours en Allemagne chez elle et ses parents

Le raid Liège -Luxembourg représente 120 km à pieds à travers la nature, les bois et forêts en couchant à même le sol. Il paraît fou, mais en réalité il se range tout à fait dans mes capacités. J'avais déjà accompli précédemment cette performance en compagnie de trois copains luxembourgeois, en partant de l'extrême nord du Luxembourg à la frontière belge jusqu'à la frontière française à l'extrême sud. Nous l'avions parcouru en trois jours en dormant par terre dans la forêt, dans des ruines, n'importe où.

Pour mon projet, un copain m'a fait bond en dernière minute. Pas de problème je peux me débrouiller tout seul. La première étape m'emmène du côté de la cascade de Coo haute de trois étages d'immeuble, un endroit touristique spectaculaire. En partant de cette cascade, en un dernier effort, je décide de quitter la vallée en remontant sur la hauteur de la colline d'en face, par une pente raide.

Comme j'ai souvent l'occasion de le faire, j'attaque en ligne droite,. Mais à mi-hauteur je suis tellement épuisé (l'année scolaire a été très difficile – je ne suis pas en grande forme physique) que je décide d'arrêter sur place. Comme en montagne je choisis une plateforme assez horizontale pour y installer mon bivouac. Celui-ci est en fait simplement une bâche en plastique sur laquelle je me couche pour la nuit.

Hélas – dans la nuit un orage éclate avec de fortes pluies. Ah !! Si je pouvais me réfugier dans le lit avec Rhéa! La seule solution c'est de plier la bâche en deux. Je m'assieds sur une moitié et je rabats l'autre sur moi. Je suis assez bien protégé, mais plus question de dormir en position assise en maintenant la bâche en place.

Au petit jour la pluie s'est arrêtée. Je me dégage de mon bivouac et examine la situation que je n'ai pas pu voir clairement pendant la nuit. Je découvre que la plateforme horizontale est en fait une cuvette où l'eau de pluie s'est accumulée en se mélangeant avec les feuilles mortes. Dans ce mélange je vois une douzaine de grenouilles qui y pataugent à l'aise. En d'autres mots j'ai passé la nuit en compagnie rapprochée de grenouilles. Cette petite diversion vaut bien la peine d'être racontée. Je la joins à ma panoplie de rencontres de camping sauvage, tel que les vaches, les renards ou les serpents.

Heureusement l'étape suivante, qui me mène au village de Rhéa, est plus courte. Soupir de soulagement – je retrouve bien ma chérie. La tante m'accueille avec un sourire ironique mais sympathique. Le dîner n'est pas encore prêt. J'ai donc le temps d'emmener Rhéa pour une promenade dans la campagne environnante. Le bon air de la campagne me redonne des forces, je lui propose gentiment d'aller nous cacher dans la forêt qui longe la route, pour procéder aux caresses qui me manquent depuis notre dernière rencontre.

Rhéa me regarde :

« Non Ben, je ne peux pas . Je n'aime pas, ici à la campagne je ne suis pas à l'aise. Qui sait ? Un paysan peut débouler de n'importe où, n'importe quand ».

Je suis très triste et déçu, j'ai du mal à encaisser le coup. Est-ce que ce serait l'annonce d'un coup plus grave ? Le lendemain je prends congé d'elle – les adieux ne sont pas ceux à quoi j'aurai pu m'attendre.

Vient ensuite mon séjour chez ses parents. Comme déjà dit, ils habitent une banlieue de Cologne. Ses parents sont des gens très simples, sans prétention. Le magasin de vélos a dû bien marcher, car ils ont pu acquérir une petite maison bien coquette. Je n'ai pas pu clarifier pourquoi ces Belges sont venus vivre en Allemagne, peut-être des raisons d'emploi.

Je découvre que Rhéa est fille unique, je n'avais jamais pensé la questionner sur sa famille.

Comme je l'avais pressenti, les relations avec ma chérie sont du genre 'standard', disons le minimum syndical. Nous faisons des ballades dans les environs, le Rhin n'est pas loin avec des rives qui sont joliment arrangées. Une fois seulement je réussis à l'entraîner dans un coin caché d'un parc. Pour le dire simplement : nos entretiens sont laborieux.

Un jour ses parents ont invité leurs voisins qui ont une adolescente et un petit garçon d'environ quatre ans. Après le repas nous nous promenons tous ensemble. J'ai eu envie de prendre le petit garçon par la main, je donne son autre main à Rhéa, et voilà - nous nous promenons comme des parents. J'ai eu un moment de vraie émotion. J'ai encore en mémoire la photo de nous trois, elle traîne quelque part dans mes archives. Rhéa semble plutôt distante, dans un autre monde.

Inutile de décrire nos adieux à la fin de mon séjour. On peut dire que ses parents étaient presque plus chaleureux que ma Rhéa. Nos retrouvailles à Liège me causent quelques soucis.

4,5, La fin

J'AI REPRIS mes études, la tête et le corps reposés. A vrai dire, la tête n'est pas si bien reposée que cela, car je pense à Rhéa et à tous les signaux alarmants de ces derniers temps. J'essaie de rester positif. Je me dis qu'une fois replongée dans l'atmosphère de Liège, et dans l'environnement de ses copains et copines, elle reprendra nos relations comme elles étaient dans le passé.

Mais d'un autre côté, je vois bien que je me raconte des histoires agréables pour éviter de regarder la vérité en face. Je m'accroche désespérément aux dernières branches que je peux encore attraper, tout en sachant que la situation est perdue.

C'est dans ce drôle d'état d'esprit que je la rejoins au restaurant près de la gare de Guillemins où nous nous sommes donné rendez-vous. Le repas se passe normalement, sans tension apparente. Ma minuscule flamme de l'espoir reprend quelques forces. A la fin, je l'accompagne comme d'habitude chez elle – quelques minutes de marche. La main que je lui prends me semble dure, froide.

Normalement j'ouvre la lourde porte qui donne accès à la cour intérieure. Ainsi nous pouvons nous embrasser et caresser à volonté sans être vus des passants. Ce soir, elle pose sa main sur la mienne :

« Non Ben – pas d'embrassades dans la cour, c'est fini. Je ne peux plus continuer comme cela. Au début, c'était très bien, mais progressivement j'ai senti que notre relation ne tenait plus la route. N'allons pas dans les détails des explications, cela ne servirait à rien, sinon à se quereller.

Alors voilà Ben, je te propose qu'on se sépare en bons termes. Salut Ben, bonne continuation ».

Elle me serre la main, même pas un bisou, puis se retourne et passe par la grande porte sans un regard.

Moi – je suis resté hébété, bouche bée, comme si j'avais reçu un gros coup sur la tête. Je savais bien que tel serait le résultat final, mais je continuais à m'accrocher au moindre brin d'espoir. Voilà ! C'est arrivé – c'est la fin. Je n'arrive pas à prononcer la moindre phrase. Je la regarde désespéré, les larmes commencent à poindre. Vite je me retourne et m'en vais.

Pas question de rentrer chez moi dans l'état où je suis. Je monte plutôt vers le calme du parc de Cointe. Cà y est, les freins lâchent, je me mets à pleurer, les larmes coulent à grands flots, je ne me soucie pas des promeneurs que je croise.

J'arrive devant le banc de nos Amours. Mais non – je ne vais quand-même pas m'abaisser à m'y installer pour rêver des nos amours perdues.

J'essaie de tirer le bilan de notre relation. A quoi est dû cet échec, qu'est ce qui n'a pas marché ? Sûrement pas cette idée de la maisonnette au fond du bois, romantique mais complètement idiote. Le curieux départ de son lit en pleine nuit pourrait avoir une influence négative. Plus j'y pense, plus se dégage pour moi la conclusion que, tout simplement , nous ne sommes pas faits l'un pour l'autre.

Pour moi, Rhéa est mon premier grand amour. Je ne peux pas imaginer un échec. Pour elle, c'est aussi son premier amour, mais cette fois, elle est plus lucide que moi pour tirer la conclusion qui s'impose.

D'ailleurs la guérison se produit assez vite. Après quelques jours de tristesse je commence à penser à autre chose.

5 *Michelle*

<u>Janvier 1966</u>

MARC A DECOUVERT dans notre quartier un endroit bien sympathique, le Forum Club. Malgré l'appellation 'Club' qui pourrait faire penser à un endroit chic et exclusif, il s'agit très simplement d'un lieu de rencontres pour les jeunes du quartier, fondé par un avocat et un couple d'amis.

L'entrée se fait par un couloir qui donne, côté rue sur un local spacieux avec trois ou quatre tables en bois et des chaises. Un comptoir avec quelques tabourets complètent l'installation. A l'arrière, côté jardin, on trouve un local avec un baby-foot ainsi qu'une table de ping pong. Le décor est très simple, rustique, sans prétention. Voilà c'est tout.

Un soir je me trouve invité chez ce couple fondateur qui habite dans la même rue que moi, juste en face de mon adresse. Nous discutons foot, car en plus du club de rencontre, ils ont créé une équipe de football dans laquelle les jeunes peuvent se mesurer à d'autres équipes de jeunes de la région. Moi qui suis un fan de foot et un joueur d'un certain niveau, c'est avec plaisir que je me joins à leur équipe.

Vers six heures je m'apprête à partir, car Mme L. n'attend pas avec le dîner. Avant que je ne parte, la dame du Club me dit d'attendre un instant et appelle sa fille.

« Viens Michelle, occupe-toi de Ben. Tu veux bien l'accompagner jusqu'à la porte ».

Arrive une gamine de seize ans environ, les charmes de sa jeunesse. Obéissante elle m'accompagne jusqu'à la sortie. Nous voici sur le pas de la porte, tous les deux embêtés, ne sachant quoi dire. C'est l'époque où je suis célibataire, Rhéa est oubliée. J'aurais donc pu commencer une romance, mais une gamine de seize ans ?? J'en ai vingt quatre. Je veux bien que plus tard dans la vie, huit ans de différence ce n'est rien. Dans notre situation actuelle, c'est beaucoup plus critique. De toute façon, avec tout le respect, elle ne me plaît pas vraiment.

Donc j'abrège notre discussion sur le pas de la porte en prenant gentiment congé d'elle.

Il se fait que nous sommes l'année où les Beatles se mettent à chanter

                    Michelle my Belle.

6 Lucy

6,1, Le Forum Club

UN SOIR après le repas, deux de mes copains viennent me proposer d'aller prendre un dernier verre au Forum Club. Parfait, j'ai terminé mon programme de la journée, une bonne bière entre amis me fera du bien avant d'aller me coucher.

Comme d'habitude, je m'en vais récupérer la commande de nos trois bières au comptoir. Voilà que je vois une jeune fille assise toute seule au comptoir. Nos regards se croisent.

A celui qui prétend que le coup de foudre n'existe pas, je peux lui certifier qu'à l'instant, il m'est tombé dessus, à pleine puissance. Complètement perturbé, je ne sais plus quoi faire, un pas vers mes copains, tenant désespérément les bouteilles qui risquent de m'échapper des mains. Je la regarde à nouveau, son regard me fuit, peut-être désire-t-elle rester seule. Ou alors elle attend quelqu'un.

Voilà, mes pensées commencent à se remettre en ordre dans mon cerveau, la tempête s'est calmée. Maintenant je dois absolument entrer en contact avec cette merveilleuse jeune fille, pas question de rater cette occasion exceptionnelle.

Ben - montre ce dont tu es capable ! Pour ne pas être gêné dans mon opération délicate d'approche, je remets mes trois bouteilles de bière sur le comptoir. Après une bonne respiration je lui adresse mon sourire, le plus beau que j'ai en boutique. Pourvu qu'il ne soit pas trop niais :

« Bonsoir Mademoiselle, excusez-moi. Est-ce que vous permettriez que je vienne m'asseoir près de vous, à moins que – peut-être que vous attendez quelqu'un» ?

Son sourire est bref, elle me fait signe de m'asseoir à ses côtés. Le premier obstacle est franchi. Mais la partie est loin d'être gagnée, je constate, inquiet, que son joli sourire a disparu aussi vite qu'il n' a paru. Vraiment, je suis troublé.

Que faire maintenant ? Je me dépêche de remettre leurs bières à mes deux copains, puis je me précipite vers le comptoir. Heureusement elle est toujours à sa place, assise sur son tabouret, les jambes croisées. Mon regard, malgré moi, s'accroche à ses cuisses à peine couvertes par sa mini-jupe.

Ben– reviens sur terre ! Tu ressembles à un poisson mort avec tes yeux exorbités. Lentement je retrouve mes moyens, j'arrive à la regarder en face, non pas ses cuisses. Finalement, le dialogue s'établit sans trop de mal. Je trouve quand-même qu'elle n'est pas très souriante. Peut-être que finalement je ne lui plais pas, et qu'elle m'accepte à défaut d'un autre interlocuteur.

De mon côté, je suis tout simplement heureux, heureux de voir cette jeune fille qui me plaît déjà beaucoup. Ses cheveux marron-blond à hauteur des épaules, les yeux clairs bleu-gris, sa bouche entr'ouverte aux lèvres humides, ses formes rondes plaisantes. Ne parlons plus de ses jambes. Nous faisons connaissance. Elle s'appelle Lucy, elle est secrétaire dans un cabinet d'architectes en face du Jardin Botanique. Elle est née à Stavelot, et vit depuis quelque temps chez sa tante à Liège. Nous découvrons que nous sommes pratiquement voisins, elle habite rue de Joie, la rue parallèle à notre rue Bois l'Evêque.

Je ne me reconnais plus. Moi qui suis plutôt timide, qui n'aime pas me mettre en avant, je bavarde à grands flots, alors que Lucy reste sur la retenue. Je découvre un aspect chez elle que je n'avais pas encore remarqué au début, dans l'euphorie de ma découverte. Elle a en permanence un certain trait de mélancolie, ses yeux ne sont pas lumineux, elle a tendance à les baisser. Sa voix est basse, comme hésitante. Son sourire est tout en retenue, légèrement teinté de tristesse. Tout cela commence à m'émouvoir. En face de moi je n'ai pas une jeune fille selon le portrait usuel, pétillante de gaieté, riante, débordant de bonne humeur. L'allure de Lucy est bien différente. Quand elle sourit, elle me donne l'impression d'être heureuse de ce sourire, comme si elle n'en a pas souvent l'occasion . Quelle est cette jeune fille ? Elle m'impressionne et m'intrigue de plus en plus. Elle a certainement une personnalité complexe.

Spontanément je me mets à lui parler de moi :

« Je suis un simple fils d'ouvrier. Je suis né dans un petit village des Ardennes luxembourgeoises. Nous habitons à Diekirch, une ville connue au-delà des frontières pour sa brasserie.. Tous les matins, avant l'aube, mon père prend son vélo pour y aller travailler. Le soir il rentre fourbu et fatigué. Il se lave les mains, puis sans dire un mot, il s'assied dans son fauteuil en attendant le repas. Mes sœurs et moi le regardons et attendons de sa part un mot gentil qui vient rarement. Nous savons qu'il nous aime, mais le silence est dans sa nature.

A l'évocation de mon père, je constate soudain que Lucy change d'attitude. Un voile de tristesse se répand sur son visage.

« Lucy – que se passe-t-il ? Ai-je dit quelque chose d'inconvenant »?

« Non Ben ce n'est pas de ta faute. Tu ne peux pas savoir. Je n'ai pas de père. Le mari de ma mère – quand il a appris la venue prochaine du bébé – a tout simplement disparu, laissant Maman toute seule, déjà que nous n'avions pas tellement de ressources. Maman a tenu le coup. Puis elle a rencontré un autre homme supposé nous *fournir aide et assistance. Très vite il s'avère que cet homme est alcoolique et très violent.*

Puis, au fur et à mesure que je grandis, les garçons commencent à tourner autour de moi et à me vouloir du mal. Pas seulement les garçons, aussi les hommes, y compris des hommes mariés. Il y en a un qui a commencé à être particulièrement méchant avec moi, à vouloir faire des choses avec moi que je ne comprenais même pas. C'est pour cela qu'à l'âge de treize ans on m'a extrait de cet environnement néfaste à Stavelot et j'ai trouvé refuge auprès de ma tante ici à Liège. Voilà Ben - mon enfance ».

'Mes problèmes avec les hommes' - voici comment elle appelle cela – Je me demande quelles atrocités se cachent derrière cette appellation.

Quel coup! Je suis bouleversé. Je commence à comprendre d'où vient cet air de tristesse qui imprègne tout son être. Je la regarde longuement, elle baisse la tête, on ne voit pas ses yeux.

Entre le local du « Bar » et la salle des « Sports » se trouve un petit local de passage où se trouve un poêle à charbon qui sert à chauffer l'ensemble. Une belle flamme brille à travers la vitre au verre épais. Je l'invite à venir par là :

« Viens Lucy. Mettons nous près du poêle. Nous y serons tranquilles, beaucoup mieux que sur ces tabourets de comptoir. Personne pour écouter notre conversation, personne pour nous déranger. Regarde cette flamme, j'adore regarder un feu. Il bouge dans tous les sens, on dirait qu'il vit. Celui-ci n'est pas un feu de cheminée, il est pourtant beau. Il apporte la paix et la sérénité ».

A partir de maintenant, nous ne parlons plus beaucoup. Je vois cette merveilleuse jeune fille à mes côtés, quelle beauté ! Je pense à la tristesse en elle, je suis vraiment touché, et je suis d'ores et déjà décidé à aider Lucy de toutes mes forces pour apporter plus de gaieté dans sa vie.

Perdu dans mes pensées, je sens Lucy me toucher le bras. Je me tourne vers elle et la vois tendue, les lèvres serrées :

« Ben – pardonne-moi encore. Je vois que je peux te faire confiance. C'est pour cela que je suis si désolée de t'annoncer encore une autre nouvelle qui me pèse. Elle est tellement triste, je n'ai personne à qui la confier. Je te regarde depuis tout à l'heure, tu es un garçon gentil, je sens de plus en plus que je peux te faire confiance. En même temps, je suis gênée, j'ai peur de te faire du mal, car ce que je te dirai, est très triste ».

« Lucy– tu me fais peur. Ce n'est pas possible, qu'y a-t-il encore »?

Elle se tait, très tendue, les doigts de ses mains se nouent. Ils blanchissent, tellement elle les serre. Au bord des larmes, elle a du mal à articuler :

« Ben, je dois te dire que je viens de perdre mon bébé. J'ai avorté la semaine dernière ».

Le ciel me tombe sur la tête. Je suis affreusement choqué, une très jeune fille comme elle qui subit un aussi terrible malheur. Moi qui étais content, j'avais espéré apporter un peu de paix dans le coeur de Lucy. Voilà – tout s'écroule.

« Mais Lucy, c'est terrible. Que se passe-t-il ? Je te vois toute seule ici, où est le père de ce bébé ? Tu n'as pas de famille ? Ta mère devrait aussi être prés de toi dans un jour aussi difficile, non »?

Son visage se renferme, durcit. Ses lèvres sont serrées, les commissures vers le bas. Sèche, résistante, pas une larme ne coule de ses yeux à moitié fermées.

« Non Ben, il n'y a personne, je suis seule. Celui qui m'a rendue enceinte s'est sauvé. ' Au revoir et merci'. Ma mère est faible et lâche, elle préférait fermer les yeux plutôt que de me défendre contre les harcèlements que je subissais.

(Par anticipation, je précise qu'au moment de cette première rencontre, Lucy a moins de vingt ans, petite fille toute seule dans la vie.)

Je suis totalement désemparé. Devant moi une toute jeune fille – seule à affronter cette situation dramatique. Que faire ? Comment me comporter ? Il y a à peine une heure nous ne nous connaissions pas. Dire que je suis venu avec mes copains pour prendre une bière et rigoler. Me voici en présence d'un terrible drame humain.

Doucement je m'approche d'elle, mets mon bras sur son épaule et l'attire vers moi. Elle incline sa tête vers moi. Je saisis sa main et y dépose un doux baiser.

Nous sommes restés longtemps tendrement enlacés. Nous ne parlons plus. Pas besoin de la parole. La flamme du poêle apporte sa distraction vivante et contribue à l'ambiance paisible. De temps en temps je lui caresse ses beaux cheveux ou presse sa main en signe d'affection. Je regarde ma montre, il est presque minuit, il est temps de rentrer. Devant chez elle, nous échangeons de tendres baisers pleins d'amour. Rendez-vous le lendemain, même heure, même endroit.

LE LENDEMAIN j'ai cours à 9h00, je quitte la maison à 8h30 pour y aller à pieds, comme je le fais le plus souvent. Il neige, je déploie mon parapluie dès la sortie de la maison. En bas de la rue, je regarde par hasard vers la rue de Joie sur ma gauche. J'ai un sursaut. Qui vois-je arriver par cette rue ? Lucy!!

Je ne m'attendais pas à sa venue, nous nous étions donné rendez-vous pour ce soir au Forum Club, pas pour ce matin. Quelle agréable surprise.

Bien protégé sous mon parapluie, je sens son corps contre le mien. Elle s'appuie sur mon bras. Nous bavardons tranquillement en marchant. Je me mets à trembler, pas tellement à cause du froid, mais surtout à cause de l'émotion provoquée par la présence de cette jeune fille tout contre moi, sous mon parapluie. C'est George Brassens – encore lui – qui chante

> *un petit coin de paradis*

> *sous un coin de parapluie*

> *elle avait l'air d'un ange.*

Nos chemins se séparent devant la gare des Guillemins. Droit devant se trouve le Val Benoît, le site universitaire où j'ai mon cours. Lucy fait demi-tour pour aller à son bureau d'architectes.

A la réflexion, je suis sûr que la rencontre en bas de la rue n'est pas due au hasard. Hier soir, en bavardant j'ai dû lui indiquer mon heure de départ du matin. Non seulement elle attend ma venue, mais en plus elle m'accompagne un bout de chemin pour être en ma compagnie. Quelle chance, quel bonheur.

A PARTIR DE MAINTENANT je marche avec Lucy sur un long chemin semé d'embûches. Nous nous rencontrons très souvent, en général à l'heure de midi au Café Le Rallye, rue du Pont d'Avroy, au centre de la ville. Ce bistrot est le point de ralliement des étudiants luxembourgeois. Il est possible d'en rencontrer un pratiquement à toute heure du jour et de la nuit.[2]

Pas seulement nous nous voyons pour ainsi dire quotidiennement, mais en plus nous nous écrivons des lettres, que nous ne mettons pas à la Poste. L'échange se fait de la main à la main. Nous pouvons donc dire que nous n'avons jamais eu de problèmes de communications. Pourtant, la communication ne suffit pas, loin de là. Très vite, je suis obligé de constater l'apparition de nombreux et sérieux problèmes que je décrirai à partir de maintenant.

Sur la durée de notre relation, ces conflits ont tendance à se multiplier. Plus d'une fois, des ruptures en résultent. Après quelques semaines de séparation nous n'y tenons plus. Une ou deux lettres s'échangent pour marquer la réconciliation, nous repartons de plus belle.

6,2, Problèmes

LA SUITE de mon histoire devient compliquée, comme je viens de le dire. L'histoire précédente, celle de Rhéa, est facile à à raconter, un récit linéaire commençant par une rencontre, débouchant sur un bel amour qui se termine par une rupture banale, simple.

2Au centre ville, les cafés restent ouvert 24 heures sur 24.

L'histoire de ma relation avec Lucy est beaucoup plus complexe, comme l'est le personnage de la jeune fille. Je ne m'attendais pas à être confronté à de tels problèmes dès les premiers jours de notre rencontre.

Ainsi le lendemain soir, nous nous retrouvons à nouveau au Forum Club. Nous continuons à faire connaissance, à nous découvrir. Rien de remarquable ce soir-là dans mes souvenirs. Comme la veille, je raccompagne ma Lucy jusque devant sa porte. Avant de nous quitter, nous nous embrassons passionnément, nous nous serrons fort l'un contre l'autre, quel bonheur !

Spontanément, sans que je ne lui demande rien, elle va à tâtons à ma braguette, l'ouvre et s'occupe de moi. Je suis très surpris par cette initiative, dès notre deuxième rencontre. Je suis même mal à l'aise - jouer à ce jeu en pleine rue. Vu l'heure tardive, on peut espérer qu'il n'y aura plus de piétons, mais il y a encore quelques rares voitures qui passent. Je lui demande d'arrêter. Lucy se recule :

« Ben, es-tu fâché contre moi, parce que j'ai fait cela ? »

« Non Lucy, je ne suis pas fâché du tout. Simplement je ne m'attendais pas à un tel traitement, et en pleine rue. Je n'en ai pas l'habitude. La prochaine fois – je te promets – nous nous organiserons mieux. »

Un petit bisou, on se quitte.

Cette séquence – au tout début de notre rencontre - est loin d'être anodine. Comme déjà dit, à cette époque, je suis un jeune homme fragile, très émotif, sans grande force de caractère, et – il faut le dire – sans aucune expérience et bêtement romantique, dans le genre 'maisonnette au fond du bois'.

LE TROTTOIR MAUDIT continue à défendre sa mauvaise réputation. Le lendemain soir, au lieu de faire ses caresses à la braguette, elle me propose de faire l'amour, non pas sur le trottoir (quand-même!) mais dans le garage qui donne sur le trottoir. C'est un garage fermé, qui se trouve sous la maison et qui héberge la voiture de la tante.

Le grand problème technique, c'est qu'on y est vraiment très très à l'étroit. Entre les contours de la voiture et les murs ne restent à peine que quelques dizaines de centimètres. Le lit de Rhéa était large et confortable. Lucy attend que je me décide à commencer. Sans aucune expérience, je ne sais vraiment pas comment m'organiser. Je m'agenouille, je me tourne dans tous les sens, je n'y arrive pas. Bien plus tard dans ma vie, j'ai su comment faire sur le capot de la voiture. La situation serait presque comique, si je n'étais pas désespéré par cet échec. Une fois de plus, frustré, je fais preuve d'inexpérience, de maladresse.

En résumé − une fellation le deuxième jour de notre rencontre, une relation sexuelle le troisième jour, sans la moindre sollicitation de ma part - il y a de quoi se poser des questions sur l'environnement sexuel de cette toute jeune fille de vingt ans. Ce ne sont pas tellement les actes en soi qui me choquent, mais l'évidence avec laquelle elle pratique ces actes sans aucune contrainte et sans gêne. Qu'a-t-elle vécu au fil de ses jeunes années pour arriver à cette attitude banalisée! Mais moi je suis obnubilé par sa beauté et mon amour pour elle, je n'ai pas la lucidité de penser plus loin.

PLUS TARD au fil de nos rencontres, Lucy avait trouvé dans le voisinage de sa tante, un minuscule endroit, un genre de débarras dans une cage d'escalier, sale, plein de poussière. Le matelas qu'elle y a installé, occupe la totalité de la superficie de la pièce. Une fois de plus, je ne suis pas du tout à l'aise. L'endroit est incroyablement moche.

Pendant les ébats amoureux que nous y avons tant bien que mal, je touche ses fesses.Elle s'écrie : 'Oh oui ! Fais-moi mal.' Je suis sidéré. Que veut-elle que je lui fasse ? Une fessée ? Je ne sais pas. Disons le clairement : J'ignore complètement ce qu'on appelle le sexe anal. Une fois de plus, je découvre mon infériorité.

POUR LA FIN DE L'ANNEE, elle accepte mon invitation de venir au Luxembourg et de rencontrer par la même occasion mes parents. La principale raison est le bal du Nouvel An organisé par les Ingénieurs Luxembourgeois de Liège et qui se tient à Luxembourg-Ville. C'est un des évènements sociaux majeurs à surtout ne pas rater par la jeunesse huppée du pays. Le smoking et la robe de bal sont obligatoires.

Je suis tellement content de sa venue que je lui promets de venir à sa rencontre au premier arrêt du train après la frontière, en fait à Troivierges.

Elle est belle dans sa robe blanche toute simple. Nous nous amusons bien, nous retrouvons les copains luxembourgeois que nous avons l'habitude de voir à Liège. Peu après minuit, les vœux pour la nouvelle année échangés, Lucy vient me voir :

« Ben – j'en ai assez maintenant. Je te propose que nous allions chercher une chambre d'hôtel dans les environs. Nous pourrons y finir la nuit ensemble. »

Quelle bonne nouvelle ! La nouvelle année part sous de bons auspices. Partout dans les rues, les cafés et les hôtels continuent de fêter. Nous n'avons aucune difficulté pour trouver notre petit nid d'amour. Le lit est large, confortable. La chambre est simple, bien chauffée.

A demi dévêtu, je prends Lucy doucement dans mes bras, la caresse tendrement tout en commençant à la dévêtir complètement. La voici qu'elle se braque :

« Non Ben, je ne veux pas – arrête ! »

J'essaie de la raisonner, et lui demande pourquoi ce revirement brusque ? Je ne reçois plus aucune réponse. C'est elle qui a lancé cette idée, et maintenant elle se mure dans son refus.

Je sais pertinemment qu'elle a eu des relations sexuelles dans tous les environnements possibles et imaginables. Alors pourquoi pas ici ? Le présent refus ajoute encore à la complexité de sa personne.

C'est la nuit de la St Sylvestre la plus ratée de ma vie.

Voilà - parmi d'autres - quelques exemples des relations sexuelles que nous avons eues – ou pas eues. Le moins que l'on puisse dire, c'est qu'elle ne sont pas glorieuses.

6,3, La soirée Whisky

NOUS FORMONS un drôle de duo. Deux personnages se trouvent sur la scène :

* Lucy, bien que très jeune fille, est considérablement endurcie, par sa solitude affective - absence de père, mère défaillante, beau-père abruti d'alcool et de violence.

Endurcie ensuite par son vécu sexuel, qui pourrait être celui d'une femme adulte, et non pas d'une fillette, puis jeune fille.

* Moi Ben, qui ai grandi jusqu'à présent bien enveloppé dans le coton, c-à-d protégé de tous les côtés. La conséquence en est une force de caractère faible à tous les points de vue et une expérience de la vie quasi nulle. A ceci il faut ajouter une grande sensibilité et une énorme émotivité.

Voilà deux personnages qui – peut-on parler de malchance ? - se rencontrent un soir d'hiver au comptoir d'un petit club de jeunes, et qui essaient de s'aimer.

Les frictions apparaissent dès les premières semaines. En toute objectivité, et pour éviter de jeter une lumière uniquement négative sur l'histoire de notre couple, je dois souligner que j'ai bien entendu eu des périodes de pure bonheur avec ma chérie, surtout au début de notre relation. Sans doute que les souvenirs agréables s'évaporent plus facilement, contrairement souvenirs douloureux qui persistent dans la mémoire.

Dès l'apparition de ces frictions, tous les deux, nous essayons de notre mieux de remédier à ces conflits. Ce que j'appelle 'la soirée Whisky' en est un exemple parmi d'autres.

Un jour, nous avons convenu que je vienne la rejoindre à son lieu de travail vers six heures du soir pour aller dîner en ville. Elle a un petit bureau pour elle toute seule à côté de l'entrée du cabinet d'architectes. Au lieu de se préparer pour sortir, elle m'invite à prendre place sur une chaise en face d'elle.

Elle ouvre un tiroir, en sort une bouteille de Whisky et nous en sert. Puis elle se met à parler. Elle raconte Stavelot, son père, plutôt son absence, sa mère, ses problèmes 'avec les hommes'.

Je ne dis rien, je ne sais pas quoi lui dire. Très vite, en l'écoutant, je me mets à pleurer. A son tour, les larmes de Lucy commencent à couler. Nous pleurons tous les deux. Plus nous pleurons, plus nous buvons. Plus nous buvons, plus nous pleurons, l'enchaînement sans fin.

Résultat : je n'ai gardé aucun souvenir concret du récit de sa vie, récit qui a du être dramatique, cruel, et qu'elle a voulu me transmettre afin de me faire sentir les rudesses qu'elle a subies et par là, justifier ses comportements parfois choquants. Je vois dans les brouillards d'alcool la figure de son père (beau-père?), de sa mère, des 'hommes' , comme elle disait.

Il paraît que, quand un récit ou une expérience est particulièrement violent, le cerveau est capable de mettre ces informations dans un coin très éloigné de la mémoire, d'où elles ne remonteront plus jamais. Que cette explication neurologique soit exacte ou fausse, le fait est là : Je n'ai que des souvenirs extrêmement brumeux de cette soirée.

Le lendemain je sors un livre de poèmes de Jacques Prévert que j'ai dans ma chambre. Je copie à la main le poème ' Cet Amour ' et le matin même je le lui apporte à son bureau :

« Voici Lucy chérie – lis ces pages – elles sont pour nous deux. »

J'insère ici les premières lignes . Tout y est dit.

Cet amour
Si violent
Si fragile
Si tendre
Si désespéré
Cet amour
Beau comme le jour
Et mauvais comme le temps
Quand le temps est mauvais
Cet amour si vrai
Cet amour si beau
Si heureux
Si joyeux
Et si dérisoire
Tremblant de peur comme un enfant dans le noir
Et si sûr de lui
Comme un homme tranquille au milieu de la nuit

Cette incantation de Jacques Prévert continue ainsi sur deux pages. Lui qui a couvert des centaines de sujets de sa dérision, de moqueries, d'absurdités, d'irrespect, de sarcasmes, cette ode à l'amour est le plus beau chant d'amour que je connaisse. A l'époque, je l'ai lu et relu maintes fois, comme une prière qui m'aiderait à surmonter nos difficultés.

6,4, Mes soucis et mes peines.

NOUS AVONS chacun nos groupes d'amis, moi les Luxembourgeois, tous exclusivement étudiants. Nous nous voyons très souvent en compagnie de Lucy, ne fût-ce qu'à midi au café Le Rallye. L'ambiance est amicale, franche, aucun coup tordu entre collègues. Ceux de Lucy sont Belges, j'ignore leurs origines. La plupart vient sans doute de Stavelot, comme elle. Je n'aime pas tellement me joindre à eux, moi le copain de Lucy, inconnu de tout le monde et ne connaissant personne. Je fais l'effort de m'intégrer, de leur côté ils ne se soucient pas tellement de ma présence. Et les coups tordus pleuvent.

Plus d'une fois, j'ai le malheur de découvrir que l'un ou l'autre de ces copains fait du pied à Lucy sous la table . Ce geste me fait très mal, je le ressens comme un affront douloureux. C'est tellement irrespectueux, tellement méprisant, une moquerie de la pire espèce.

Ce qui est encore plus grave, c'est que je constate que Lucy ne réagit pas, ne se défend pas. Elle pourrait signifier à l'autre de s'arrêter pour se faire respecter. Alors moi bonne pâte, je lui cherche toujours des excuses. J'imagine que durant son adolescence à Stavelot et à Liège elle a été la victime de tels harcèlements et – peut-être – qu'à la longue, elle s'y habitue jusqu'à prendre cela comme monnaie courante. Terrible !

Un garçon normal réagirait en enjoignant à l'autre d'arrêter. Il le ferait sur le ton de la plaisanterie pour montrer que c'est lui qui reste le maître. Il pourrait le dire sur le ton énergique, voir de la colère.

Dans le cas présent je me renferme comme une huître. Je souffre affreusement en silence à l'intérieur de ma coquille, je ne parle plus du tout, ne bouge plus. C'est la pire des attitudes, car tout le monde voit ma faiblesse et les moqueries vont continuer. Quant à Lucy, quelle opinion néfaste doit-elle avoir de moi ? Je préfère ne pas y penser.

Le Carnaval est fêté – comme au Luxembourg – par des bals masqués partout dans les villes et villages. Je suis invité à Stavelot, chez sa mère dont je n'ai gardé aucun souvenir. Par contre je possède une photo souvenir de ces festivités. Lucy est au bras d'un inconnu, riante, s'amusant. Je m'appuie au comptoir, un verre de bière à la main et j'observe les deux d'un air bizarre, indéfinissable. Toute la fête se déroule sur ce même schéma. Ce n'est pas le pied sous la table, c'est elle qui se promène ostensiblement au bras des garçons de là-bas, en me négligeant tout au long de la soirée.

Inutile de dire qu'il arrive de plus en plus souvent, que ces pieds sous la table, et autres mauvais coups, se traduisent par une lettre de rupture, qui ne résout rien et ne me soulage en rien.

Au fil du temps je découvre peu à peu d'autres aspects de sa personnalité. J'apprends de sa bouche des soirées dans des restaurants chics, véhiculée dans de belles voitures. Cette fois ses „problèmes avec les hommes" sont agréables pour elle, mais d'autant plus douloureux pour moi, qu'elle me fait le reproche de ne pas posséder de voiture et de ne pas l'inviter dans de tels restaurants. Combien de fois sens-je la révolte se lever contre ma condition modeste qui m'interdit de poser ces gestes à ses pieds. J'en pleure à chaudes larmes. Voilà une nouvelle raison de rupture. Comme toujours mon amour fou pour elle reprend le dessus et nous reprenons notre relation.

Le conflit ultime arrive lors d'une soirée de cinéma. Pour clore une rupture, une de plus, (je n'ai plus envie de dire 'célébrer la fin de - ') j'invite Lucy au cinéma. J'ai l'immense malchance de tomber sur un film qui exercera une influence absolument néfaste sur moi. Le film s'appelle 'Blow Up' de Antonioni, très célèbre à l'époque, couronné au Festival de Cannes. Il traite de façon très intellectualisée de la vérité, la perception de la vérité, les fausses vérités. A l'époque on ne connaît pas encore les fake news, mais les réflexions du film s'en approchent. En plus, l'atmosphère est glauque, des vues de parc public envahi par le brouillard où des silhouettes étranges apparaissent et disparaissent, commettant des agressions.

Cet « n-ième » rendez-vous de réconciliation part sous une étoile doublement malheureuse. Je ne me souviens plus du conflit, (peut-être le Carnaval de Stavelot?) mais cette fois j'ai vraiment du mal à trouver les arguments en faveur d'un arrangement avec Lucy. Cette fois-ci il m'est impossible de trouver les mots pour jeter les bases vers un nouveau départ.

En plus, j'ai vu ce malheureux film qui m'a complètement bouleversé. Les personnages me choquent. Tout est mensonge, tromperie, manipulation, simulation. L'atmosphère délétère du film s'imprègne en moi.

Contrairement à nos habitudes, nous n'allons pas au café Rallye. Je suis doublement perturbé , d'une part par cette rupture pour laquelle je ne trouve pas les formulations d'une réconciliation – et d'autre part par l'influence morbide du film qui a terriblement déteint sur moi. Je prévois que l'entrevue avec Lucy sera très délicate, et je ne veux pas en plus être dérangé par le gai bavardage de mes copains.

En conséquence, nous nous installons dans un café voisin, que je n'oublierai jamais, vu les évènements qui vont s'y dérouler. Lucy est assise à mes côtés, chacun son verre de bière devant soi. Je me tais, je la regarde, désemparé. Mon état d'esprit est pire que je croyais. Je ne sais même pas par où commencer, ne fût-ce que lui adresser la parole. Elle, de son côté, ne bouge pas, elle regarde droit devant elle, ne prononce pas un seul mot.

Dans ma tête les idées continuent à tourner, se bousculer. Je suis comme sidéré. Le temps passe, une éternité. Je suis hébété, bloqué, mal à l'aise, n'arrivant pas à ouvrir la bouche, ne trouvant pas mes mots, une inhibition terrible.

Un jeune homme est assis pas loin de nous, sur un tabouret du comptoir. Il se lève et s'approche de notre table. En souriant il fait un geste à Lucy qui se lève et sort avec lui du café me laissant tout seul à notre table.

J'imagine le scénario qui a dû se passer à mon insu. Il observe notre couple taciturne, Lucy le regarde de temps en temps. Peut-être qu'il lui fait quelques signes pour l'inviter à partir avec lui. Elle accepte.

Pour l'instant je suis toujours assis à notre table. J'ai du mal à comprendre ce qui s'est passé. Et pourtant c'est la réalité, c'est un cauchemar réveillé. Lucy est partie avec un inconnu, me laissant tout seul. Cette scène s'est déroulée au vu et au su de toute la clientèle du café. Quelle humiliation !

Soudain mon état d'hébétude se transforme en une folle colère. Je me précipite chez moi. Cette nuit même, j'écris rageusement une lettre à son intention où je la traite de tous les noms possibles, de p -- et autres. Les insultes fusent. Les reproches, les accusations. Une fois de plus je lui signifie notre rupture alors que la précédente n'était

43

pas encore réglée. Je sors dans la nuit pour mettre ma lettre directement dans sa boîte aux lettres.

6,5, Mes études. La grande décision.

<u>Mai 1967</u>

JUSQU'A PRESENT, mon récit ne mentionne pas mes études d'ingénieur pour lesquelles je séjourne à Liège. J'aurais souhaité que ce soit un roman d'amour dans lequel mes études ne devraient pas avoir de place. Cependant je constate que mes déboires personnels ont de plus en plus d'impacts sur mes études. Je constate même avec effroi que je suis en train de me diriger tout droit vers une terrible catastrophe personnelle.

En fin d'année scolaire la Faculté des Ingénieurs organise des examens de contrôle. Pour passer à l'année suivante, il faut les réussir, sinon le verdict tombe : il faut doubler l'année.

Pratiquement dès notre première rencontre au Forum Club, les problèmes décrits précédemment commencent à me créer des soucis lesquels dérangent mes études. Mais je suis convaincu que mon amour sera capable de résoudre ces problèmes, Moyennant quoi je compte bien retrouver ma sérénité et donc réussir mes études. Force est de constater que le contraire arrive. Dans ma tête les idées liées à nos problèmes de couple se bousculent, ma concentration pour travailler sur mes études d'ingénieur baisse continuellement. Mon état nerveux empire, souvent la dépression n'est pas loin. Dans ce contexte rien de plus normal que je ne réussisse pas à passer mes examens. Les années doublées menacent. Voilà que je risque de *doubler une année de plus. Je vois avec frayeur le mur qui se rapproche à grand vitesse, contre lequel je m'écraserai.*

Je commence vraiment à paniquer. Comment arriver à la fin de mes études? Sans réussite aux examens finaux, pas de diplôme. Sans diplôme je ne peux prétendre à aucun poste d'ingénieur. Quelle solution de rechange dans ce cas? Je n'en vois pas.

Au milieu de ces bouleversements, j'arrive à dégager une conclusion claire et nette. Il faut que je retrouve très vite ma tranquillité d'esprit et ma capacité de concentration. C'est le seul moyen pour réussir mes examens à venir et obtenir ce foutu diplôme final. Conclusion logique et évidente : je dois rompre avec Lucy, rompre pour de bon, une fois pour toutes, me débarrasser de ce lourd handicap.

J'ai pu restituer la date de notre rupture finale. En effet le film 'Blow Up' a eu sa Palme d'Or au Festival de Cannes en mai 1967 sur ce quoi il a été distribué en France et en Belgique. Donc nous l'avons vu aux environs de mai – juin. C'est là où elle a vraiment poussé le bouchon trop loin.

Aussi invraisemblable que cela ne paraisse, je l'aime toujours d'un amour profond, désespéré. Mais cette fois je ne peux que prendre une seule décision – la rupture définitive. La date se recoupe bien avec la date d'apparition de Justine qu'on verra ci-après.

Connaissant ma faiblesse légendaire, je veux cette fois-ci consolider ma décision par une idée originale : me protéger par un rempart infranchissable contre toute attaque sournoise de Lucy et de ma faiblesse coupable. Ce rempart sera une jeune fille qui la remplacera. J'ai déjà une idée en tête, elle s'appelle Justine. Et çà marche, Justine sera désormais à mes côtés, tout en ignorant complètement la vraie raison de mon choix. Je raconterai l'histoire de cette jeune fille dans le chapitre suivant.

J'ai bien fait de me munir de cette protection. En effet, quelque temps après notre rupture définitive – qui vois-je rentrer dans le café Le Rallye à l'heure de midi ? C'est Lucy! Elle a sans doute attendu un fléchissement de ma part pour renouer avec elle. Ne voyant rien arriver, c'est elle qui prend l'initiative de venir me voir au Rallye pour une nouvelle réconciliation, une de plus.

Mais Justine est assise à mes côtés, le rempart. De ce fait Lucy ne peut pas – et n'ose pas – s'approcher de moi. Elle s'installe à une autre table auprès de mes copains luxembourgeois qu'elle connaît depuis longue date et se met à bavarder avec eux, comme si de rien n'était. Je n'oublierai jamais la mine de surprise et d'incompréhension du patron du Rallye qui nous connaît tous. Son regard intrigué va et vient entre ma table avec Justine, et celle où Lucy se trouve avec quelques-uns de mes copains.

J'avoue avoir honte de cette manipulation que j'ai montée, mais je l'assume, car c'est le seul moyen de me prémunir de mes défaillances. Me référant à cette faiblesse – on devrait dire bêtise – voici un exemple qui aurait pu avoir de graves conséquences pour moi :

Pour aller de chez moi au centre ville (à mes cours ou au Rallye), deux itinéraires strictement équivalents, l'un passe par le boulevard, l'autre longe le Jardin Botanique où se trouve le cabinet d'architectes, donc - - Lucy. Evidemment dans mon intérêt de tranquillité d'esprit, il faut impérativement éviter ce dernier itinéraire. Et que fais-je ? Plus d'une fois je passe le long du Jardin Botanique – Non ! Il ne faut pas regarder vers son bureau….

Heureusement pendant cette période je n'ai jamais rencontré Lucy – sauf une fois qui aurait pu m'être néfaste. C'est la fin de l'année scolaire, il n'y a plus de cours. Donc après le repas de midi je rentre directement chez moi pour travailler. Idiot, je prends le trajet 'dangereux'. Marchant sur le trottoir perdu dans mes pensées, je vois une petite voiture qui me dépasse à vitesse réduite. C'est elle – comment avais-je su qu'elle avait acheté cette voiture ? Je continue ma marche – mon coeur bat fort. Lucy se gare contre le trottoir devant son bureau. De loin je vois qu'elle ne descend pas, elle reste dans sa voiture.

J'arrive à sa hauteur, jette un regard dans sa voiture et sursaute. Elle est assise à sa place, sa mini-jupe retroussée jusqu'à son bas ventre. Elle me présente ainsi la totalité de ses cuisses nues. J'ai du mal à me maîtriser, j'ai une envie folle de me jeter dans sa voiture , la prendre dans mes bras et la couvrir de baisers. Je ne sais pas comment je fais, mais je tiens le coup, - perdu, désorienté - je lui fais un signe maladroit de ma main et continue mon chemin. Pas sûr que j'aie bien travaillé cet après-midi là. Quelle douleur terrible de ne pas l'avoir rejoint dans la voiture. Une douleur – oui – une bonne punition pour l'idiot faible que je suis.

Ainsi se termine l'histoire de Lucy et de Ben, par un spectacle de cuisses nues dans la voiture, comme elle a commencé par les mêmes cuisses nues au Forum Club.

6,6, Final

C'EST UN PEU VITE que j'annonce la fin de l'histoire de Lucy, car quelque temps après, elle revient me voir. Oh rassurez-vous ! Elle ne vient pas en chair et en os, mais depuis peu, elle apparaît dans mes rêves. Toujours le même scénario :

Je suis avec un groupe d'amis dans un café ou un restaurant. A l'autre bout de la salle, je vois Lucy au milieu d'autres personnes. Bien que je sache pertinemment que notre relation va mal se terminer comme toujours, je vais la voir et nous la reprenons. Sur ce, je me réveille.

Ce n'est pas un cauchemar violent où je me réveille baigné de transpiration. Je sens quand-même comme un léger sentiment douloureux. Ce phénomène durera très longtemps, impossible de dire combien, certainement autour de quinze, vingt ans, une durée invraisemblable mais réelle. Puis les rêves s'espacent et finissent par disparaître.

7 Justine

7,1, Présentation

<u>Printemps 1967</u>

LA PART DES JEUNES FILLES luxembourgeoises étudiant à Liège est très minoritaire par rapport à celle des garçons.

D'autant plus grande est ma chance d'avoir repéré une fraîche jeune fille qui pourrait faire l'affaire dans ma recherche de protection face à la Lucy menaçante. Justine H. a toutes les caractéristiques classiques d'une jeune fille bien élevée, issue d'une famille bourgeoise : sa coiffure, ses tenues, son comportement, ses attitudes – tout est classique chez elle. Elle suit des études paramédicales de kinésithérapie, ostéopathe ou similaire. Avec deux copines, elle fait souvent partie de notre groupe. Conclusion : je jette mon dévolu sur cette Justine qui semble bien faire l'affaire.

Un soir, est-ce par hasard ou est-ce que je la suivais, je vois qu'elle est entrée dans une salle de cinéma avec ses deux copines. J'appelle un copain au secours pour attendre les jeunes filles à la sortie, en lui expliquant que je voulais inviter particulièrement Justine, et qu'à nous deux, nous aurions plus de chances de réussir auprès du groupe.

La démarche réussit. Nous voici tous les cinq réunis au café Le Rallye, notre point de rencontre traditionnel. Je me concentre surtout sur Justine. A ma grande surprise je sens que sa réaction est très vite clairement positive à mon égard. Plus tard nous en verrons l'explication.

A la fin, j'obtiens un rendez-vous seul à seul avec elle. Tout va bien, les rendez-vous se suivent, notre relation s'améliore de jour en jour.

Me voici enfin du bon côté de la barrière, plus de faux amis belges , plus de dragues grossières, plus de touchers de pieds sous la table. Justine et moi sommes de plus en plus proches, à tel point que je commence à me poser de sérieuses questions sur l'avenir. Très vite, au fil des semaines, je sens que le calme revient en moi. La présence de Justine, claire, simple, gaie, riante, équilibrée me fait un bien immense. Un fort sentiment de bien être se répand en moi. A ce titre je lui suis infiniment reconnaissant, j'ai même beaucoup d'affection pour elle. Mais j'ai beau tourner la question dans tous les sens, l'amour que je ressens pour Justine n' a aucune commune mesure avec celui fort, passionné, désespéré que j'avais pour Lucy, en dépit des graves blessures qu'elle me causait. La situation actuelle me convient. Je me souviens très bien d'une phrase très traditionaliste que je me disais en mon for intérieur à l'époque:' Il est important d'avoir une femme fiable, en qui on peut avoir confiance'.

JE VOIS TOUT DE SUITE que Justine est une jeune fille ayant eu une éducation stricte. Tout ce qu'elle est, tout ce qu'elle fait, est conforme aux règles établies, jamais elle ne dépasse les limites imposées par sa famille et la société dans laquelle elle vit. Très vite, je constate qu'elle s'aligne toujours sur moi à tous les points de vue. C'est du moins le cas dans le contexte liégeois. On verra ce qu'il en est dans sa famille.

Une chose m'est imposée dès les débuts de notre relation : pas de relations sexuelles. Normal pour une jeune fille d'une famille bourgeoise, bien éduquée. Pourtant tout aurait été tellement facile, la demoiselle loue un appartenant au centre ville et possède une voiture. J'ai obtenu les caresses dans sa voiture bien cachée en un endroit adéquat. Mais pas de braguette ouverte sur le trottoir. Situation cocasse : une de nos cachettes en voiture se trouve dans le parc de Cointe, tout près de mon 'banc d'amour' que j'occupais si souvent avec Rhéa.

7,2, **Les vacances**

J'AI BEAU METTRE L'ESPRIT D'AVENTURE DE CÔTE, il revient au galop. Les vacances d'été approchent. Justine les passera avec ses parents à La Baule en Bretagne. Du coup, j'ai l'idée d'aller la rejoindre pour passer quelques jours en sa compagnie, à ce bel endroit, même si c'est en présence de ses parents. Tant pis, on verra bien, je prends le risque.

<u>*Eté 1967*</u>

Le voyage aller se fera par le moyen dont je suis spécialiste, à savoir l'autostop. J'arrive à La Baule en fin de matinée, ce qui veut dire que j'ai mis un jour et demi pour faire le trajet, belle performance en autostop. Quand j'ai raconté mes intentions aventureuses à mon dernier compagnon de voyage, il a bien ri et accepté de prendre part à ma stratégie. A midi il gare sa voiture devant l'hôtel où logent Justine et sa famille. Nous demandons une table pour deux au restaurant. Une grande salle de forme rectangulaire, de larges baies vitrées sur un côté long, et qui s'ouvrent sur une magnifique terrasse laquelle surplombe l'avenue longeant la plage.

A l'entrée, je parcours du regard la salle de restaurant en m'élevant sur la pointe des pieds. Toutes les tables sont occupées, ou presque. Des couples de retraités, des familles avec enfants. Un couple de jeunes mariés, ou est-ce un couple libre ? Dans cette clientèle, mon compagnon de voyage et moi ressemblons plutôt à des aventuriers.

 Les voilà, je les découvre au fond de la salle assises près d'une fenêtre donnant sur la terrasse. Elles sont trois, Justine, sa mère et sa petite sœur, je sais que son père est décédé prématurément. Justine me tourne le dos, donc jusqu'à présent personne ne m'a reconnu. Avec mon compagnon nous nous amusons bien de la drôlerie de la situation. Mais à force de rigoler et de jouer aux pitres, nous nous faisons remarquer par la petite sœur assise face à nous et qui signale à sa mère deux individus au comportement bizarre. Toute la tablée se retourne vers nous, Justine me reconnaît évidemment, je lui fais un petit coucou. Mais elle n'ose pas trop réagir. Les deux filles – sur l'injonction de la mère – se remettent à manger, sagement, correctement, comme si de rien n'était.

La première manœuvre d'approche a échoué. Je ne me laisse pas abattre pour si peu. Mon compagnon de voyage, tenu par son emploi du temps, me quitte en payant ma note. Un étudiant doit veiller de près sur son budget, d'autant plus qu'il est plus que probable que, pour la suite, je doive payer ma note d'hôtel si je veux rester auprès de Justine.

Me voici donc seul sur scène. De loin je les surveille en douce. Cà y est - voici qu'elles terminent leurs plats. Je me lève précautionneusement et me dirige vers leur table. Ma cible est évidemment la mère. Je lui serre la main avec toutes les marques de respect possibles.

« Bonjour Madame, je suis Ben[3], l'ami de Justine. Je vous prie de m'excuser, j'avais vraiment envie de revoir Justine. Me voici, j'espère que je ne vous dérange pas. »

Avec ces derniers mots, je pose doucement ma main sur l'épaule de Justine, une ébauche de prise de possession. Justine lève son regard vers moi et me sourit. Je me baisse

---

[3] A Liège je suis toujours Ben, y compris pour Justine. Aucune raison de changer de prénom en cours de route.

et lui pose un petit baiser sur son front. Pas sur la joue, pas sur les lèvres. Pas de provocation.

Prise au dépourvu, la mère hésite sur l'attitude à adopter. Elle se décide finalement pour la scène de l'ami de la famille de passage par hasard. Avec un grand rire de surprise elle m'invite à leur table, à côté de Justine. Ca y est, me voici bien dans la place.

Je joue le rôle du jeune homme sérieux et poli - - que je suis. Le dégel avec la mère se poursuit, je dirais même que le progrès est inattendu. Nous en verrons l'explication plus tard, en même temps que celle relative à mon premier contact avec Justine à Liège.

Reste le problème de la chambre. Sans réservation, l'hôtel étant plein, que faire, où aller ? J'ai bien envie de suggérer de rejoindre Justine dans sa chambre. C'est une blague qui m'est venue spontanément, mais que je réfrène vite. Je lui adresse un clin d'oeil, elle baisse les yeux. A-t-elle compris mon idée ? A la personne de l'accueil j'explique que je ne suis pas exigeant pour un sou. A la rigueur je pourrai même dormir dans un coin du parking - (dans le passé j'en ai vus d'autres). La solution trouvée est une espèce de chambre de service située dans les combles, en attendant qu'une chambre normale se libère. Va pour les combles.

En effet, ma chambre est 'de service', toute petite, une lucarne donne sur la cour intérieure, sale, bruyante. Je ne me souviens pas s'il y avait l'eau courante. Je suis content, j'ai retrouvé ma Justine. Un discret coup à la porte – c'est elle qui vient me voir. Quelle surprise !! Je l'attire à l'intérieur, ferme la porte et la prends dans mes bras en l'embrassant passionnément.

J'essaie de la pousser sur le lit, elle résiste avec force. C'est fou comme cette foutue morale bloque tout. J'essaie par tous les moyens de la faire changer d'avis :

« Regarde Justine, ma chambre est modeste, mais le lit est douillet, nous y serons bien tous les deux. J'ai bien fermé la porte à double tour, personne ne nous dérangera. »

(Petite parenthèse : notre situation me fait penser à un tableau très célèbre de Fragonnard – appelé 'Le Verrou' - où un homme pousse une femme vers le lit en fermant le verrou. Le femme a l'air de résister. Quelle sera la conclusion?) Revenons dans ma chambre.

Je continue de la caresser doucement, j'essaie même 'd'augmenter la dose'. Je sens auprès d'elle un léger fléchissement, mais très vite elle se ressaisit. Pourtant j'aurais enfin eu l'occasion de faire progresser Justine vers le septième ciel, qu'elle n'a pas encore atteint, il faut le rappeler. Mais ce chemin lui est interdit par la morale. Dommage pour elle. Frustration. De mauvaise humeur, d'un ton rêche, je lui recommande de se dépêcher pour aller rejoindre sa mère qui doit se demander où elle est passée.

En effet au dîner, mon aventurière – qui jusque là s'était isolée dans sa chambre – a reçu une douche froide sur le thème de la jeune fille honnête qui ne va pas voir le jeune homme seul dans sa chambre. Par contre, la mère n'a pas osé s'attaquer au jeune homme – heureusement pour elle, compte tenu de ma mauvaise humeur.

LES VACANCES *se déroulent normalement selon un schéma sans surprises : plage, promenades, restaurants, salons de thé, visites touristiques. Un concert de plein air* dans un théâtre de même nom. Bref, tout ce que j'abhorre, que ne fait-on pas pour voir son amoureuse !?

Le soir après le dîner, Justine a le droit de sortir avec moi pour une promenade en amoureux jusqu'au coucher du soleil. Même cela est décevant. Où peut-on trouver un endroit discret pour nous aimer un petit peu? La plage est immense, plate, dégagée, envahie par les promeneurs du soir. Le reste du paysage consiste en des alignements de villas entourées de leurs jardins, entrecoupées par quelques rares parcs publics. Bref, impossible de trouver le moindre coin intime. Pour couronner le tout, la voiture est interdite de sortie le soir. La mère doit se douter de ce qui pourrait bien se passer dans cet espace protégé. Nous ne protestons pas trop, même pas du tout. C'est notre point faible, car à Liège nous entendons bien continuer à profiter de ce cet endroit douillet, ceci à l'insu de la mère.

7,3, La famille

UNE DES RETOMBEES de ces vacances passées avec ma Justine, c'est que dorénavant je fais partie de la famille H. Ce coup-là, je ne l'avais pas vu venir, et maintenant c'est trop tard. D'un autre côté, si j'entends vraiment faire ma vie avec Justine, la jeune femme fiable, de confiance, qu'elle est assurément, un jour la famille entrera dans le jeu.

C'est ainsi que chaque fois que je reviens de Liège pour passer un weekend chez mes parents, je suis invité chez Justine les dimanche midi. Ils habitent à Esch-s-Alzette, deuxième ville du Grand-Duché, centre de l'immense domaine sidérurgique de l'ARBED qui s'étend sur une partie du sud du pays et passe la frontière vers la France.

Tout respire la sidérurgie :

- au sens propre, les monstres gigantesques des hauts-fourneaux crachent leurs fumées à des kilomètres à la ronde, les rues sont poussiéreuses, les façades sont noircies

-au sens figuré, les villas cossues des ingénieurs et autres cadres se distinguent des cités ouvrières.

Justine habite dans une de ces maisons du quartier bourgeois. La maison a besoin d'être rénovée aussi bien à l'intérieur qu'en façade. Je fais la connaissance de la grand-mère paternelle. Je comprends vite que c'est elle la cheffe, c'est elle qui a l'argent. C'est à travers elle que je ressens le plus vite et le plus clairement la différence de considération qu'ils me font sentir, eux les bourgeois , par rapport à moi, le fils d'ouvrier.

Ce sont des mots par ci, par là, des remarques insidieuses tels que

« Ben, regarde ton mouchoir, il est en couleurs, il faut qu'il soit blanc, et il faut qu'il soit plié impeccablement ».

<u>Noël 1967</u>

J'ai droit à une photo dans le grand quotidien du pays, pour avoir gagné le tournoi de Noël comme capitaine de l'équipe de football des étudiants-ingénieurs de Liège. Grande fierté et congratulations de toute la famille H., jusqu'au moment où ils découvrent sur la photo que mon pantalon n'était pas repassé, et que je n'avais pas boutonné ma veste. Quelles fautes de goût !

Je supporte stoïquement toutes ces piqûres désagréables. J'essaie de demander de l'aide à Justine au sujet de ce traitement ou du moins un geste de solidarité avec son amoureux. Malheureusement, je suis obligé de constater qu'elle reste silencieuse et sans réaction. De plus en plus clairement je vois le rôle qu'elle doit jouer dans ce projet : se trouver un ingénieur et l'épouser. Grâce à cette opération, la famille aura de nouveau accès au cercle fermé des bourgeois d'Esch. Voilà donc l'explication pourquoi Justine a répondue aussi vite et aussi positivement à mes avances le premier soir à Liège après le cinéma. Même explication pour sa mère qui m'invite à leur table à La Baule. Capter l'ingénieur !

Voici un autre épisode qui balaye les derniers doutes en la matière :

<u>*Automne 1967 - début*</u>

Au lieu de rester à déjeuner chez eux, je suis invité au 'Thillsmillen' (moulin de Thill), une auberge située au fond d'une vallée en pleine forêt. Vieille maison blanchie à la chaux, murs épais, volets peints en bleu, géraniums aux fenêtres, porte d'entrée massive. La roue du moulin a disparu, on entend toujours l'eau s'écoulant entre les rochers. Le site me fait penser à la 'maisonnette au fond du bois' de Manon.

Nous sommes quatre à table, la mère, Justine et sa petite sœur ainsi que moi. Vue bucolique sur le le ruisseau, ses rochers et la forêt épaisse qui ne laisse passer que quelques rares rayons de soleil. Le repas se passe bien, l'ambiance est gaie, même la petite sœur ne m'embête pas. Voici que la mère vide son deuxième verre de Beaujolais, puis me regarde avec une affection profonde :

« Oh Ben ! Je suis tellement contente que Justine aura un ingénieur comme mari. »

Silence glacial. Justine, comme d'habitude en présence de sa mère, baisse les yeux et ne dit rien. Je réprime un mouvement spontané de révolte, respire un bon coup, me donnant le temps de réfléchir à une riposte adéquate, mais calme. Je fronce les sourcils, mon regard est noir, mon langage corporel est sans équivoque :

« Madame – (je n'ai jamais réussi à l'appeler autrement) – Madame, qu'est-ce qui à votre avis est plus important ? Que Justine épouse un ingénieur ou un homme qui l'aime et qu'elle aime ? »

La mère se rend finalement compte de sa bêtise. Très mal à l'aise, elle a un rire forcé, emprunté. Elle secoue la tête et bégaye :

« Non non – ce n'est pas ce que j'ai voulu dire... »

Sa réponse ne m'intéresse plus, Justine ne m'intéresse plus. Tristement je regarde le ruisseau en bas, en voilà au moins un élément qui est vrai. La nature est authentique, elle ne m'a jamais trompé. Qu'allons-nous devenir, Justine et moi.

Cette triste journée m'a définitivement ouvert les yeux sur une chose :

la famille H. veut un ingénieur pour rejoindre à nouveau la classe bourgeoise d'Esch. Pour ce faire, Justine a un contrat : trouver un bon ingénieur et l'épouser.

7,4, Découvertes

NON SEULEMENT la famille veut récupérer un ingénieur dans ses rangs, mais elle tient aussi à en garder le contrôle . Combien de fois entends-je le discours avec toujours la même tonalité :

« Ne t'inquiète pas, le moment venu nous veillerons à ce que tu trouveras un poste intéressant à l'ARBED. Nous verrons avec Monsieur N., il s'occupera de tout ».

Je finis par comprendre que ce Monsieur N. - ingénieur en chef à l'aciérie de Esch Belval - est un ami de feu le père de Justine. En clair, si je me mets entre les mains des H., mon avenir sera assuré. Cette situation ne me plaît pas du tout, mais alors pas du tout. J'ai un sens inné de mon indépendance. Je tiens à me dire que tout ce que je possède, je le dois à moi-même, et à personne d'autre.

<u>Août 1968</u>

Ceci dit, il faut être capable des fois de mettre de l'eau dans son vin. Pour les vacances scolaires de 1968, je dois trouver un stage industriel de deux mois. J'ai écrit à l'ARBED et obtenu un stage à l'aciérie de Esch Belval. Qui plus est, ce site majeur est en cours de modernisation par l'installation d'un ordinateur IBM auprès du haut-fourneau , dans le but d'optimiser les processus de production de l'acier. Pour moi, l'ingénieur électronicien, c'est l'endroit idéal pour intervenir.

La famille H. me fait comprendre que j'aurais obtenu ce stage grâce à leur intervention auprès de l'ingénieur en chef N. Pourquoi pas ? Me voici donc bien occupé en tant que ingénieur-stagiaire à l'aciérie de Esch Belval auprès de ce Monsieur N.

Tous les jours les parents de Justine me tannent :

« As-tu vu Monsieur N ? »

« Arrange-toi pour rentrer avec lui le soir – il habite dans notre voisinage »

etc etc

Ce qu'ils ne savent pas, c'est que ce Monsieur N. n'a aucune compétence dans le domaine des ordinateurs. C'est Claude Pescatore[4] en personne, le Directeur de l'aciérie, qui organise et gère les réunions de travail de mise au point de l'ordinateur IBM. En toute modestie c'est moi l'ingénieur électronicien stagiaire, qui suis le plus compétent de l'équipe, et c'est avec moi que Claude Pescatore travaille en direct.[5]

Après cette brève divagation, revenons à ma chère Justine. Pendant que je suis occupé à l'aciérie, Mademoiselle se

---

4 Les Pescatore sont une dynastie d'hommes d'affaires qui a participé au développement de la sidérurgie au Luxembourg depuis le 19e siècle. Claude est devenu plus tard Directeur Général de l'ARBED

5 Plus tard je trouve dans une revue technique luxembourgeoise un article signé Claude Pescatore décrivant le système IBM mis en service à l'aciérie de Belval. Il s'agit mot pour mot de la notice descriptive que je lui avais remise à la clôture de mon stage.

paie des vacances en Angleterre en compagnie d'une copine luxembourgeoise de son groupe Liégeois. Je suis envahi par un flot de cartes envoyées par elle au home des jeunes ingénieurs. Bien qu'appelé « Casino » c'est une installation horrible, non pas tellement l'immeuble en soi, mais à cause de son implantation à quelques centaines de mètres à peine des hauts-fourneaux. Quiconque est passé à proximité d'un haut-fourneau comprendra. Dormir dans la chambre du home est du genre 'mission impossible'.

Elle est bien gentille de penser à moi, j'apprécie. Sauf que dans une de ses cartes elle mentionne sa future bague de fiançailles. Je suis un peu nerveux, la première fois qu'elle met ce sujet sur la table. Qu'est-ce qu'elle veut dire ? Nous avons largement le temps, j'ai encore une année d'études devant moi. Après quoi, j'aurai un emploi – à l'ARBED ou ailleurs ? Avec l'appui de Monsieur N? Ce n'est qu'à ce moment-là que Justine et moi , nous aurons le temps de dérouler notre avenir d'un commun accord, sans l'influence de qui que ce soit. Nous pourrons à ce moment-là nous concerter et parler – entre autres – de nos fiançailles.

<u>Automne 1968</u>

La rentrée 1968/69 se passe très bien. Rien de spécial à signaler, sauf que persistent toujours ces velléités plus ou moins explicites de prendre le contrôle sur moi, ma vie, mes goûts. Et arrive ce que je redoutai depuis un moment. Les deux femmes – la mère et la grand-mère - se projettent dans l'avenir, plus précisément le leur, car ce qui les intéresse le plus, c'est leur vie à travers la nôtre. Elles commencent à parler de nos fiançailles qui se tiendraient à Noël 1969, notre mariage au printemps 1970. Elles échangent entre elles les idées et préférences concernant de notre futur logement. *Je pense à une digue qui s'est brutalement rompue. Trop longtemps ces deux femmes sont bridées, elles n'assistent pas à la vie de certains cercles d'amies, les considérations d'autres femmes leur manquent. Elles étaient dans le manque trop longtemps, soudain elles ne tiennent plus le coup et se lâchent dans leurs projets d'avenir, leurs projets à elles.*

Quand cette rupture s'est-elle produite ? En réfléchissant bien, une piste me vient à l'esprit. Mon stage s'est terminé à la satisfaction de tout le monde. Les certificats l'attestent. Si çà se trouve, les femmes ont demandé des nouvelles à ce Monsieur N. qui leur a également confirmé sa satisfaction à mon sujet.

Donc tout est clair, plus rien ne s'oppose plus à ce que j'obtienne un poste d'ingénieur à l'ARBED. A partir de maintenant elles peuvent prendre leurs dispositions pour leur ré-entrée dans les cercles bourgeois de la ville. Je suis désemparé, comment s'opposer à cette folle emprise? Justine ne m'est d'aucun secours. Comme d'habitude elle se cache derrière sa mère.

Pour l'instant je suis dans l'incapacité d'intervenir avec force, de taper du poing sur la table, car je manque de preuves factuelles. Pour l'instant ce ne sont que des observations, des recoupements, des idées. Mais en mon for intérieur, mes idées deviennent de plus en plus claires. Mon amour pour Justine s'effiloche, je comptais sur sa fiabilité, sur la confiance que je pouvais lui faire. Je suis obligé de constater qu'au moindre problème nous concernant, elle se met du côté de sa mère en me laissant en plan.

Noël 1968

Pour la fin de l'année, je décide d'émettre un signal clair en direction de la famille H. : sans demander leur avis, je décide de passer les fêtes seul avec ma sœur aînée Suzanne à Troisvierges dans l'extrême nord du pays. Notre grand-mère maternelle y a vécu. A sa mort Suzanne a racheté la maison, c'était son rêve depuis longtemps. Ma venue l'arrange, car sinon elle était seule. Nous avons de la chance, les neiges très abondantes viennent de cesser, découvrant un paysage tout blanc sous un ciel bleu et un soleil resplendissant.

Je pousse le vice jusqu'à téléphoner à Justine en lui décrivant les paysages de carte postale et en lui racontant nos randonnées dans la nature. Je précise que je ne peux pas les inviter, à cause du manque de chauffage et d'équipements dans la maison de Suzanne, ce qui est d'ailleurs la pure vérité.

Printemps 1969

Les deux femmes continuent à 'préparer notre avenir' comme elles disent. Tant que je ne suis pas présent, qu'elles fassent ce qu'elles veulent. Les déjeuners chez eux me deviennent une torture.. Leurs soit-disant projets d'avenir pour nous sont de plus en plus intrusifs, j'ai du mal à garder mon calme.

Puis arrive le 'cataclysme'. Contrairement aux habitudes, je suis invité à déjeuner le samedi au lieu du dimanche. A peine le repas terminé, la mère, Justine et moi embarquons dans la voiture direction un grand magasin d'ameublements. Sous la direction de la mère nous slalomons entre les meubles exposés, tous styles, grands et petits. Nous arrivons devant une salle à manger superbe, en chêne massif, grande table modulable, chaises confortables, une énorme armoire. Debout devant cet ensemble chic, cossu, je ne comprends rien. Pourquoi sommes-nous là, devant cette salle à manger superbe ? J'ouvre grand les yeux, incrédule, j'interroge Justine du regard. Comme d'habitude, elle baisse la tête, lèvres pincées, bouche tordue. Je crois comprendre, la colère monte en moi.

« Justine, je n'y comprends rien. C'est quoi ici ? Pourquoi sommes-nous venus jusqu'ici ?

Evidemment elle ne réagit pas. La mère fait le tour de la table en ma direction. Elle affiche son sourire le plus chaleureux :

« Voilà Ben. Voici votre salle à manger que vous aurez quand vous serez mariés et installés dans votre appartement. C'est la grand-mère qui l'a achetée pour vous en faire cadeau. - - - »

Elle continue à parler mais je ne l'entends plus. Je suis profondément troublé, pendant un instant je perds toute lucidité. Mes pensées s'entremêlent, je suis complètement perdu. J'essaie de m'accrocher à distance à Justine, aucune aide, j'ai même l'impression qu'elle essaie de s'enfuir.

Me voici dans de beaux draps, tout seul, entouré de ces femmes heureuses d'avoir enfin récupéré un homme de qui elles peuvent tirer profit, à condition de bien le contrôler. Plongé dans ces pensées, je n'entends ni la mère ni Justine qui m'entourent et me parlent. Je retrouve lentement mes esprits. Elles insistent pour savoir comment j'accueille ce qu'elles appellent le très beau cadeau de la grand-mère. J'ai du mal à me maîtriser, j'ai failli les bousculer pour les éloigner de moi. Je n'ai qu'une idée, m'évader de ce magasin avec ses meubles lourdauds.

Dans la voiture je leur fais savoir aussi calmement que possible que pour l'instant je ne sais pas quoi dire, la surprise est trop forte, il faut que je la digère. D'ailleurs je souhaite prendre le premier train qui me ramènera chez mes parents à Diekirch.

7,5, La décision

DANS LE TRAIN en partance à la gare d'Esch je me suis installé dans un compartiment vide. Mes pensées continuent à se bousculer, à tourner en rond, entre la colère, l'agression, la tristesse, l'incompréhension. Il faut que j'y mette de l'ordre, me calmer par tous les moyens et réfléchir à la stratégie de défense contre cette agression immonde.

La sortie de la ville de Luxembourg par le nord se fait par un viaduc spectaculaire qui surplombe une banlieue encaissée dans une vallée au fond de laquelle coule l'Alzette qui ne nous quitte pas depuis Esch. L'endroit s'appelle 'Grund' - 'fond' en français. Les habitants de ce fond de vallée avaient par le passé mauvaise réputation, c'étaient des mendiants, voleurs, pilleurs, bref – ils occupent les 'bas-fonds' de la société. Pour ajouter à cette note, la prison principale du pays s'y trouve implantée.

Très vite cette vallée étroite s'élargit vers le nord, pour devenir une large plaine, couronnée de part et d'autre de forêts verdoyantes. L'Alzette y coule doucement, paresseusement. J'avoue que je préfère le paysage qui s'ouvrira à nous dans un instant à l'arrivée à Mersch. Ce sera une vallée étroite telle que je les aime dans mes forêts ardennaises. L'Alzette y serpente gaiement de concert avec la route qui l'accompagne en traversant de temps à autre un village pittoresque.

A Diekirch je descends du train l'âme apaisée, calme. Le trajet entre Esch sur Alzette et Luxembourg-Ville a servi à la décontraction, au retour au calme. Dans la plaine de Mersch intervient la réflexion, suivi de la décision. Elle est claire et nette, la rupture avec Justine est prononcée, impossible de continuer dans les conditions actuelles et avec les perspectives qui me font peur.

Cependant il faut que je tienne compte du contexte réel, concret. Pas question d'annoncer ma décision brutalement, immédiatement. Il est impossible de prévoir les réactions de la ex-future belle famille et les perturbations induites.

Il faut que je pense à mes études qui se trouvent dans la dernière ligne droite. Pas question de mettre en danger leur poursuite et leur terminaison. Au dernier semestre il n'y a plus de cours à l'Université, il est entièrement consacré à la finition de mon Travail de Fin de d'Etudes, un peu ce qu'on appelle dans d'autres disciplines 'La Thèse'. Cette période est cruciale, il s'agit de remettre mon Travail dans les temps, et en même temps préparer les matières des derniers examens de contrôle. Tout cela dans le calme et la sérénité d'une vie normale d'étudiant.

Par conséquent je dois m'efforcer de garder le silence sur les problèmes sentimentaux qui m'entourent, continuer à maintenir ma relation avec Justine aussi chaleureuse que possible. Et puis, cyniquement, je voudrais la garder pour un autre problème concret: dactylographier mon Travail de Fin d'Etudes représentant une bonne centaine de pages.

POUR MON RETOUR à Liège le dimanche, je prends une première mesure particulière. Au lieu du train du soir comme d'habitude, je prends celui du début d'après-midi. J'évite ainsi la cohue des étudiants luxembourgeois qui reprennent le flambeau à Liège. Surtout je ne rencontrerai pas non plus Justine obligée de prendre ce jour ce même train, car la voiture reste à Esch pour révision.

Je ne suis pas fier de ce jeu qui s'annonce, un jeu d'évitements, de petits et gros mensonges, de faux-semblants, de prétextes. Heureusement au mois d'août ce sera fini - j'ai hâte d'y être.

Dès le début de la semaine j'exécute mes bonnes résolutions, surtout je réduirai considérablement mes passages au centre ville, notamment au Rallye. A midi je mangerai chez Madame L. Je gagnerai ainsi un temps précieux et verrai moins souvent Justine – d'une pierre deux coups.

La réaction ne tarde pas. Dès le premier jour de ce nouveau programme, le lundi avant 18h00 le téléphone sonne chez Madame L. C'est Justine qui veut me parler. Elle sait qu'à cette heure je m'apprête à dîner. Ses appels sont rares, je crois même que c'est la première fois qu'elle m'appelle ici.

« Hier j'espérais te retrouver dans le train du soir – tu n'y étais pas « ?

« Non, j'ai préféré prendre celui de l'après-midi, il est moins surchargé, je peux ainsi mieux me reposer. - (Je compte mettre beaucoup l'accent sur le repos avant le sprint final des examens) ».

.« C'est bien. Et ce midi, tu n'es pas venu non plus au Rallye. J'espérai quand-même te revoir ».

« Désolé ma chérie (hmm?) je croyais t'avoir prévenu que dorénavant je ne viendrai plus aussi souvent au centre (ce n'est pas sûre que je lui avais dit?), car je n'ai plus beaucoup de choses à faire à l'Institut Montefiore[6] ni ailleurs au centre ».

« Mais Ben, j'y suis. Qu'est-ce que tu fais de moi » ?

« Je ne t'oublie pas – ne t'inquiète pas, je te verrai aussi souvent que possible, mais à partir de maintenant la priorité ce seront mes études . Je te l'avais dit, je te le répète ».

Il faut que je me surveille. Sans m'en rendre compte, le ton avait monté – attention. Ce dialogue continue encore un peu, après quoi j'ai la bonne excuse de Madame L. qui attend de nous servir le dîner.

Ma vie se déroule maintenant selon ce nouveau rythme – je vois Justine deux fois par semaine, en général les mercredis ainsi que le dimanche. Je sens qu'elle est de plus en plus inquiète de l'évolution de nos relations. Elle me pose des questions, elle m'appelle souvent chez Madame L. chose qu'elle n'avait pas faite auparavant. J'essaie de rester aussi rassurant que possible, sans manifester mon ras-le-bol envers elle. C'est très difficile, elle a - comme tout le monde – ses antennes fines qui

---

6Fait partie de l'Université – y sont donnés les cours d'électricité et électrotechnique.

détectent dans une certaine mesure la réalité de la situation.

Je continue à mener cette espèce de double vie – que j'ai en horreur, je le répète, - depuis le méchant coup de massue reçu dans le magasin d'ameublement, c-à-d le début du printemps , jusqu'à la fin de l'année scolaire, en juillet 1969. A ce moment-là, Justine n'aura plus de raison valable de rester et, à son grand regret, sera obligée de rentrer chez ses parents à Esch. J'avoue que je suis moins triste qu'elle de rester sur place pour passer quelques examens complémentaires.

Avant de passer à l'été 1969 et la fin de notre relation, voici une petite histoire drôle qui s'insère par surprise dans le déroulement normal de ma vie.

7,6, Candidate

<u>Printemps 1969</u>

SI JUSTINE SENT BIEN à travers ses antennes fines que des changements sont en train de s'opérer dans nos relations, d'autres personnes semblent s'intéresser à notre situation. Je ne peux en effet pas empêcher Monsieur et Madame L . d'entendre des bribes de mes conversations avec elle, lesquelles conversations ont tendance à se tendre. En plus, les années que j'habite chez eux ont développé des relations de grande confiance avec Madame L. à qui je me confie de temps en temps.

C'est ainsi que je constate l'apparition d'un nouveau personnage sur la scène chez Madame L. Il s'agit d'une voisine qui habite un peu plus haut dans notre rue. Elle *est de plus en plus amie avec Madame L., elle s'arrange toujours pour être présente lors du dîner des étudiants locataires. Puis très vite, elle arrive accompagnée de sa fille, une jeune fille d'une vingtaine d'année, assez agréable, avec la particularité d'avoir une splendide coiffure rouquine. Voyons cela !*

A cette époque Monsieur et Madame L. ont décidé d'acheter un téléviseur. Le voilà installé dans la pièce où nous nous rassemblons pour manger. Le seul problème c'est qu'il ne fonctionne pas, car il n'y pas d'antenne. Tous les regards, y compris celui de la jeune fille, se tournent vers moi, l'ingénieur électronicien, qui va nous bricoler cette antenne.

D'un côté çà ne m'arrange pas, je veux me concentrer sur la dernière étape de mes études. Ceci dit, nous sommes au printemps, à quelques mois des examens finaux, je n'ai pas de retard sur mon programme. De l'autre côté, ce défi de bricolage m'intéresse, je n'ai jamais eu ce genre de problème à résoudre. Conclusion : je me lance.

Ce n'est pas très compliqué – quelques barres de cuivre à assembler selon le modèle des antennes à râteau que l'on voit sur les toits. Seule complication, le dimensionnement, l'espacement entre les barres pour assurer une réception optimale des ondes. Une visite à la bibliothèque technique[7], pour comprendre le calcul du dimensionnement en fonction de la fréquence de l'émetteur qui nous dessert. Voilà tout est prêt.

J'installe l'antenne dans les combles, le câble d'antenne descend par la cage d'escalier, je le connecte sur le téléviseur. Tout le monde attend face à l'appareil,

---

7Rappel : à l'époque l'Internet n'existait pas

impatient de voir le résultat. Nous sommes Madame et Monsieur L., un collègue et moi, et les deux nouvelles voisines. Or il n'y a plus de chaise pour la demoiselle rouquine. Galant, je me lève et lui propose la mienne. D'un geste elle refuse et m'indique qu'elle se mettra à mes pieds. Là voilà qu'elle est couchée comme un chien, lève sa tête et m'adresse son regard adorateur.

C'est moi le maître de cérémonie qui me lève et met en marche. Miracle ! Tout fonctionne à la perfection. L'image est un peu floue, je monte vite dans les combles pour orienter l'antenne. Tout est parfait, à mon retour la demoiselle est toujours accroupie par terre avec une attitude d'admiration de plus en plus en marquée.

Je la vois à mes pieds, sa chevelure rouquine, ample. Soudain j'ai envie d'avancer ma main pour la caresser en passant mes doigts dans ses cheveux comme à un chien. Vite je retiens mon geste. Je ne veux pas l'embêter, c'est mon brave Toutou.

L'histoire s'arrête là. La dame a compris mon absence d'intérêt pour sa fille, et dès le lendemain, ne revient plus nous voir avec la demoiselle pour jouer au brave Toutou.

FAISONS LE BILAN jusqu'à présent : dans la même rue Bois l'Evêque, à moins de deux cents - trois cents mètres, j'ai fait la connaissance de trois jeunes filles, à savoir 'la Carmen', Michelle 'my Belle' ainsi que le 'brave Toutou'. Elles m'évoquent quelques souvenirs légers, agréables.

Dans la rue de Joie voisine : Lucy, un souvenir autrement lourd dans ma vie.

8 Luxembourg

8,1, Eté 1969. *Epoque charnière*

LES TROIS MOIS d'août, septembre et octobre de l'année 1969 représentent une étonnante époque charnière dans ma vie, époque courte mais chargée d'évènements dont certains ont un impact durable sur ma future vie. En effet durant cette période

* J'obtiens mon diplôme d'ingénieur
* Je trouve un emploi
* J'ai deux aventures amoureuses
* Je romps avec Justine
* Je passe mon permis de conduire
* Je m'installe à Paris

A la fin de son année scolaire Justine essaie par tous les moyens de prolonger son séjour pour reste auprès de moi afin de sauver notre relation qui périclite, elle le sent bien. Cependant sa mère l'oblige de rentrer, car une jeune fille oisive ne doit pas rester pour tenir compagnie à son copain étudiant, cela ne se fait tout simplement pas.

De mon côté, je passe tous mes examens avec succès, à l'exception d'une petite matière de second ordre dans laquelle je dois passer un contrôle de rattrapage. Aucun risque, les chances de succès sont pas loin de 100 %, le seul problème, ce contrôle se passe début septembre.

Donc formellement je ne peux entreprendre aucune recherche d'emploi, vu que je ne dispose pas de mon diplôme.

Tout cela ne m'empêche pas de rejoindre ma sœur Suzanne à Troisvierges début août pour passer enfin des vacances bien méritées. Mon état général est incroyable, du jamais vu. Je me sens léger, débarrassé de tous mes tracas, aucun soucis, pas de crainte d'un imprévu de dernière minute. Je me sens fort, ni rien ni personne ne me résisteront, aucun obstacle sur mon parcours. Et puis, Justine est loin, à la prochaine occasion son compte sera réglé – gentiment, poliment. C'est l'euphorie, j'entrevois un avenir plein de promesses, je trouverai un emploi à l'étranger, n'importe où, de préférence à Paris, ville Lumière. L'important c'est d'éviter la fange qui m'attendrait autour d'un emploi à l'ARBED.

<u>Début août - Vendredi</u>

Il fait très beau, la piscine en plein air de Troisvierges est bondée. Tout seul, paresseux sous le soleil, étendu sur ma serviette de bain, je me fais bronzer sous les douces caresses du soleil. Quel effort pour me retourner sur le ventre. Oula ! J'ai une vue directe sur une jeune fille installée juste derrière moi, toute proche. Elle est très jolie, toute jeune, et seule comme moi.

Je ne réfléchis pas – ni une, ni deux – je prends ma serviette de bain et m'installe à ses côtés, après lui avoir demandé poliment la permission. Nous bavardons tranquillement. Je relève cependant une certaine retenue, comme une timidité, les charmes de son jeune âge.

Cette impression se confirme quelques instants plus tard. Assis, je lui présente mon dos en lui demandant de l'enduire de ma crème solaire. Tout surpris, je me souviens clairement de sa réponse :

« N'allez pas aussi vite. Je n'ai que seize ans. »

Franchement je ne pensai pas à mal avec ma demande. Mais à travers sa réponse je comprends que je suis en présence d'une jeune gamine, qui sans doute n'a jamais encore touché à un garçon, même d'une façon aussi anodine que celle-ci. En plus, répandre la crème sur la peau peut faire penser à une caresse, chose qu'elle n'a jamais encore osée de sa vie, c'est sûr.

En fin de compte, je ne sais plus ce qu'est devenue ma crème solaire. Nous sommes restés bons amis, car quelques minutes plus tard, me rappelant les affiches vues dans le village j'ose lui demander si elle était intéressée d'aller au bal ce soir avec moi, bal qui se déroulera dans la cour de l'école primaire.

Finalement l'atmosphère s'est détendue, car sa réponse est immédiate :

« Oui avec plaisir, mais il faut demander l'autorisation à mes parents.

« D'accord, qui sont-ils, où habitent-ils ?

« C'est la famille Th. Je passe mes vacances chez eux, ils habitent près du passage à niveau.

Surprise : Je connais bien cette famille depuis le temps où, petit garçon, j'ai vécu à Troisvierges avec mes parents et ma grand-mère. En plus, mon oncle François a épousé Catherine, une femme de cette famille. Si çà se trouve, ma tante Catherine et la mère de cette gamine sont des sœurs.

C'est donc l'esprit tranquille que j'entre chez les Th. accompagné de la gamine. Comme il fallait s'y attendre, ma demande telle quelle reçoit instantanément une réponse totalement négative. A moi de circonstancier ma demande en leur expliquant en quelques mots qui je suis et que je fais indirectement partie de leur famille. Du coup j'obtiens le droit de l'emmener avec la stricte obligation d'un retour à la maison au plus tard à dix heures.

Durant le bal, je revois l'image de son corps juvénile à la piscine couché à mes côtés, une belle rose fraîchement éclose – j'ai envie de la cueillir. En même temps je repense à sa réaction craintive pour me toucher le dos. Du coup, je fais encore plus attention à ne heurter ni indisposer la gamine en aucune façon.

Je redécouvre avec une certaine émotion la cour de l'école où j'ai passé mes premières années d'école jusqu'à notre déménagement à Diekirch. Rien n'a changé, sauf les châtaigniers qui ont grandi.

Comme promis je ramène la gamine à dix heures précises à la maison, après lui avoir donné rendez-vous le lendemain à seize heures à la piscine.

Samedi

C'EST LA PREMIERE FOIS (et la dernière – de mémoire) que je pose un lapin à une jeune fille ou jeune femme.

Je repense aux évènements de la piscine et du bal de la veille et je réalise un facteur que je n'avais absolument pas pris en considération : la différence d'âge. J'ai vingt huit ans – eh oui ! Je peux me retourner dans tous les sens, rien n'y change – j'ai douze ans de plus qu'elle. A cet âge, la différence est sensible et pose problème. D'ailleurs, mes discussions avec elle à la piscine et au bal sont assez laborieuses. Les façons de penser et les centres d'intérêt de nos deux personnes sont trop divergentes. En résumé, j'arrive à la conclusion évidente que, ni sur le plan physique, ni sur le plan mental, une telle relation est défendable.

Je décide donc de rester ce samedi loin de la piscine. En lieu et place je rejoindrai ma forêt bien aimée, celle qui ne me pose jamais de problème, celle qui m'accueille les bras ouverts. Elle s'appelle forêt de Biwisch (Biweschbesch). Elle est immense et commence à la périphérie ouest de Troisvierges pour s'étendre sur des kilomètres jusqu'en Belgique. A force de la parcourir dans tous les sens, j'en connais le moindre recoin. Des décennies plus tard , j'apprends que durant la guerre, les habitants des villages environnants faisaient passer par là les personnes recherchées par les nazis, afin de les mettre en lieu sûr de l'autre côté de la frontière. En leur mémoire ont été créés des sentiers de randonnée appelés 'chemins des passeurs'. Je suis persuadé que j'en connais la plupart.

Cette longue ballade et ces réflexions font que je rentre à la maison en fin d'après-midi, avec toute ma sérénité retrouvée, tout en ayant évité tout malentendu avec ma gamine.

<u>Dimanche</u>

Dimanche après-midi ma sœur Suzanne a invité Claire, sa collègue du cabinet de comptabilité à Luxembourg-Ville, pour aller à un bal champêtre ce soir. Je ne connais Claire que par ouïe-dire, je découvre une fille ma foi fort agréable, de même âge que Suzanne et moi.

Le bal se tient dans un vrai cadre champêtre, l'orchestre est installé sur un chariot à foin dans la grange, entouré de la piste de danse en planches en bois. Dans la cour de la ferme des tables en bois brut sont disposés en longueur avec leur bancs. J'adore cette atmosphère authentique, le plein air, le ciel étoilé, l'air pur, les odeurs du foin et du bois.

Les contacts avec Claire s'établissent très facilement. Je regarde cette fille à mes côtés, gaie, bavarde, riante. En un geste naturel, je passe mon bras autour de ses épaules et m'approche d'elle. Avec mon autre main, je tourne son visage vers moi. Pas besoin d'insister, Claire m'offre ses lèvres sans hésiter, nous nous embrassons – quel plaisir ! Et voilà, c'est aussi simple que cela.

Une éternité que je ne me suis senti aussi bien, libre, sans soucis, gai, décontracté. Rien à voir avec mon état d'esprit de Liège chargé tellement souvent d'arrières pensées, de soupçons et sans gaieté. Ici la bière coule à flots, Claire m'allume de tous les côtés. La vie est belle.

En rentrant à la maison, je me rends compte que j'ai un peu trop profité de la belle vie, surtout de la bière. Je monte les marches de l'escalier avec quelques difficultés. Arrivé dans ma chambre je m'écroule tout habillé sur ma couche et m'endors.

8,2, La vie est belle

Lundi et suite

JE DORS à poings fermés quand un bruit à la porte me réveille. C'est Claire qui passe la tête et me demande tout bas :

« Jean Pierre – quelle heure est-il ?

Il me faut encore quelques secondes pour me réveiller, m'asseoir dans mon lit, constater que j'ai mis mon pyjama et que j'ai bien dormi. Je consulte ma montre :

« Il est six heures du matin, Claire.

Claire me murmure un 'Merci' puis disparaît aussi furtivement qu'elle n'est apparue.

Maintenant que je suis bien réveillé, mes idées se remettent en place. Mes excès de bière sont bien digérés, je suis étonnement en bonne forme. Je repense à Claire et à la superbe soirée que nous avons passée ensemble. Allez ! Il est six heures, le temps d'aller faire un tour de son côté . Je passe la tête par la porte de sa chambre entrouverte. Elle est couchée dans son lit, les yeux ouverts et me sourit, bien contente de son tour de passe-passe. Un clin d'oeil coquin, elle se cache sous la couverture.

En deux pas je suis près de son lit. Je saisis sa couverture et d'un geste brusque l'envoie de l'autre côté du lit. Commence alors une tempête, une tornade qui balaie tout. Toutes mes peines s'envolent au loin, mes déceptions, mes manques, mes frustrations, mes humiliations, mes colères, mes querelles, mes doutes, mes soucis – tout disparaît, la place est nette.

Le calme revient. Hors d'haleine, je m'écroule sur Claire et j'éclate en sanglots. Je suis noyé par les flots de belles émotions qui m'ont traversé et s'évacuent lentement. Le calme est revenu, Claire se love au creux de mon épaule, je serre tendrement son corps chaud contre le mien. Voyant mes larmes, elle s'en inquiète en les séchant doucement. Je ne veux pas lui dire tous les détails de ce qui s'est passé en moi, je lui explique simplement ma très grande émotivité qui me fait pleurer dans certaines circonstances.

Bien évidemment nous ne nous quittons plus d'un pouce. Il en résulte que le taux d'occupation de notre lit sur vingt quatre heures est considérable. J'en ai une preuve précise parmi mes souvenirs :

Mon autre sœur Elsa a laissé son petit garçon Léon de trois ans en garde chez nous pour quelques jours. Une nuit, Léon tombe de son lit faisant un grand bruit qui me réveille. Je me lève et vais dans sa chambre pour le remettre en place. Je reste quelques instants auprès de lui, le temps qu'il se rendorme. De retour auprès de Claire, celle-ci me dit qu'il faut vite se rendormir. Mais moi je ne l'entends pas de cette oreille et je l'emmène faire un nouveau tour au paradis, bien que le soir, nous étions déjà passés par ces mêmes sphères célestes. Cette frénésie est la nôtre tous les jours, toute la semaine. Manifestement je veux rattraper les occasions ratées pendant tout ce temps malheureux à Liège. En dépit de mon excellente condition physique, les folies physiques que je commets se font sentir, puisqu'un jour à l'épicerie je constate qu'en payant, je vois mes mains qui tremblotent fortement, tellement je suis épuisé. Mais c'est une grosse fatigue purement physique, car moralement et mentalement je vis comme sur un nuage.

Petit souvenir drôle : Léon, tout petit garçon qu'il est, a tout compris à ma situation puisqu'un jour il a lancé

"Maintenant Jean Pierre en a deux" - *(compagnes évidemment).*

En effet il se souvient de Justine pour l'avoir rencontré dans le passé, au moins une fois l'année précédente quand celle-ci m'avait accompagné au mariage de ma petite sœur.

Cette année, pendant que je me prélasse à Troisvierges, la famille H. a décidé d'entreprendre un long voyage en Espagne en traversant la France, les châteaux de la Loire, le Pays Basque etc. J'avais donné l'adresse de Troisvierges à Justine. Du coup pendant mes galipettes avec Claire, je reçois un flot de cartes de la part de Justine. Parfois la vie procède à de drôles de combinaisons.

Le contenu des cartes est à son image : strict, droit, sec, sérieux. Un reportage détaillé sur leur trajet en voyage, les petits incidents, pas un mot d'amour à mon adresse, aucune expression de son amour pour moi. Aucune passion –on dirait que je ne lui manque pas. En signature, des « Bons Baisers » comme ceux que l'on adresse à sa grand-mère.

A titre de comparaison, à la fin du mois, après notre semaine de folies, je dois retourner à Liège pour mon contrôle final. Claire est à Londres d'où elle m'envoie quelques cartes, autrement plus vivantes. Je lui manque, elle voudrait que je dîne avec elle à tel restaurant londonien, à la fin , elle signe « je t'embrasse » ou »tendrement » - là c'est moi, ce n'est pas la grand-mère.

Semaine suivante - Septembre

EN SEPTEMBRE je passe avec succès mon dernier examen de contrôle. Enfin j'obtiens ce foutu diplôme qui m'a fait tant souffrir tout au long de ces années. Je ne peux pas dire que je saute de joie, je suis tout au plus soulagé - - ouf, enfin - - !! Un geste significatif : je n'ai jamais pris la peine de retourner au rectorat de l'Université de Liège pour récupérer le beau parchemin muni de ses tampons et signatures. Ce serait pour en faire quoi ? L'afficher au mur ? Où ? Dans les toilettes tout au plus. Mais il faut arrêter les sarcasmes. Après tout, les problèmes que j'ai eus ne sont pas de la responsabilité de l'Université.

Par contre, j'avais rapidement reçu par la poste l'attestation de l'obtention de mon diplôme ce qui suffit largement pour la suite de mes recherches d'emploi. Celles-ci se font à une vitesse record, vingt deux jours calendaires entre ma lettre de candidature et la signature de mon premier contrat d'emploi, preuve à l'appui dans mes archives. En plus je réalise mon rêve, l'emploi se trouve à Paris.

Maintenant que tout le monde est rentré à la maison, Claire à Luxembourg, Justine à Esch et moi chez mes parents à Diekirch, deux actions se dérouleront en parallèle, l'une douce avec Claire, l'autre claire et nette avec Justine.

Je retrouve Claire avec beaucoup de joie et - impatients - nous reprenons nos ébats amoureux. Seulement voilà, nous n'avons plus notre lit de Troisvierges. Mais Claire est une experte en la matière, elle n'est pas pour rien ma maîtresse.[8] C'est l'occasion pour moi d'apprendre comment on fait l'amour sur le capot de la voiture (dommage que je ne connaissais pas le procédé dans le garage de la tante à Liège), sur le siège passager, dans la prairie ou dans la forêt. Une vraie diversification très intéressante qui m'aura servi à l'avenir dans de nombreuses occasions.

Puis un jour l'histoire avec Claire s'est éteinte toute seule, tranquillement, sans drame. Nous savions tous les deux très bien que nous étions dans une impasse : Claire a son travail intéressant à Luxembourg et moi, je m'apprête à commencer à Paris. Fini – le rideau tombe. Je n'ai plus jamais revu Claire, aucun regret, des souvenirs agréables, joyeux, souriants.

La rupture avec Justine se règle finalement assez vite. Honnêtement, je n'ai pas beaucoup de souvenirs à ce sujet, sauf les quelques uns qui suivent, ce qui signifie que la fin de cette histoire est relativement vide d'émotions, du moins pour moi.

Qui a contacté qui ? Je pense que c'est plutôt elle qui m'a appelé au téléphone, n'ayant pas de nouvelles de ma part. A l'annonce de la mauvaise nouvelle, il n'y a pas eu de cris hystériques, pas de pleurs, pas de gémissements, ce n'est pas dans le style de la personne. Au contraire elle me propose une rencontre en direct pour discuter calmement de la situation et trouver une solution. Sans lui donner le moindre espoir, j'accepte l'invitation.

La rencontre se passe à Luxembourg-Ville, au soleil, sur une terrasse Place d'Armes, un endroit très touristique. Le ton est calme, je lui explique quelques griefs parmi les

---

8Maîtresse – d'Ecole : la langue française est bien faite.

plus significatifs, comme la priorité totale de l'ingénieur comme mari, les commentaires de la famille sur mon statut social 'non bourgeois', et surtout ce manque total de respect en m'imposant la salle à manger sans la moindre concertation. Par ailleurs son refus d'une relation sexuelle. Comme réponse elle me promet en bredouillant presque tristement et baissant la tête que, à partir de maintenant, elle allait changer et se donner à moi. Quel feu de la passion, quelle promesse !

Pas la peine d'insister, la situation est claire, tout est fini. Elle se lève me serre la main et s'en va. Je l'observe marcher sur le trottoir, son visage est indifférent, son comportement est calme, on dirait qu'elle est en train de faire son shopping. Chez les H. on ne perd pas la face.

Je réalise soudain que me voici débarrassé de toute contrainte, libre de toute relation, en d'autres mots un célibataire, qui débarque à Paris. A moi les petites femmes !

8,3, La surprise

<u>Juillet 1970</u>

ETANT TOUT SEUL à Paris, je passe de temps en temps un weekend chez mes parents. C'est ainsi que, dans le journal quotidien, je tombe un jour sur l'annonce du mariage de Justine . Oui ! - avec qui plus est - un copain luxembourgeois que j'ai connu à Liège. Il s'agit de Jean Sch., il est originaire de Biwisch, un petit village juste à côté de Troisvierges (voir la forêt de Biwisch déjà mentionnée). Un garçon très sympathique, à la calvitie naissante (personne n'est parfait), gai, joyeux, rieur.

Il a terminé ses études d'ingénieur deux années avant moi. Le mariage a eu lieu en juillet 1970 si je vois bien – donc à peine dix mois après notre rupture. Il faut croire que les H. étaient pressés de récupérer leur superbe salle à manger.

Et Justine a bien respecté son contrat et ré-introduit un ingénieur dans la famille.

9 Les petites femmes de Paris

9,1, Les débuts

QUELLE VIE de rêve ! C'est la liberté totale. J'ai de l'argent. Je fais ce qu'il me plaît, je vais où je veux.

Mais très vite, je déchante. Oui, la vie est belle. Mais dans quelles conditions ? Je suis seul partout, toujours. Pas de copains, ni de copines. Mes collègues au bureau ont une autre vie, soit ils sont mariés, soit ils sont plus âgés que moi. En dehors, aucun contact. Le soir en sortant du bureau, j'ai le choix : je tourne à gauche, je rentre chez moi pour me préparer à manger, puis quoi? A droite, je vais chercher un restaurant où je serai tout seul à une table, au milieu de couples et de groupes heureux d'être ensemble. Dans mes rêves, je n'avais pas imaginé cette situation, je n'avais pas pensé à un facteur important, à savoir ma vie sociale. En partant m'installer à Paris, je m'exclurai de mes amis, copains, connaissances, relations, famille. Je n'aurai plus aucune de ces personnes autour de moi. Je me souviens bien du terme que j'avais en tête à l'époque : 'l'arrachement' - je m'étais moi-même arraché à toutes mes racines.

Pour être tout à fait honnête, en compensation j'ai l'immense chance de profiter de la vie artistique et culturelle offerte par Paris. Je ne m'en prive pas, les cinémas, les théâtres, les opéras, les concerts de toutes les musiques possibles, les musées, les expositions. C'est à l'occasion d'un de ces concerts de musique classique que j'ai eu ma première opportunité de rencontre.

9,2, Etrange rencontre

A L'EPOQUE Bernard Thomas est à la tête d'un des orchestres de musique classique les plus renommés. Ce soir il se produit à l'église St. Médard dans un concert qui promet. L'église se trouve en bas de la rue Mouffetard, un des quartiers les plus anciens de Paris.

J'ai largement le temps jusqu'au concert à 20h30. J'aime me prélasser au soleil sur les terrasses des grands boulevards, me distraire au passage de la foule. Le rêveur qui se fait bousculer, le triste affligé tête baissée, le joyeux au pas sautillant, l'énergique décidé, à la démarche volontaire. J'ai dîné rue Mouffetard dans un restaurant au cadre moyenâgeux qui m'a beaucoup plu. A noter pour une autre occasion.

Les places du concert ne sont pas numérotées, Bernard Thomas est très célèbre, deux raisons pour moi d'être présent dès l'ouverture des portes. Contrairement à mes craintes, nous ne sommes qu'une petite douzaine d'amateurs. Les Parisiens ont toujours le temps, quitte à arriver en retard sans aucun sens du respect d'autrui.

Ce soir j'ai décidé de ne pas m'énerver, la vie est belle, goûtons la bonne musique de Bernard Thomas. Du coup j'ai toute l'église à ma disposition. Je ne m'installe pas trop près de l'orchestre pour éviter d'être écrasé par la masse musicale de l'orchestre. En attendant j'aime le silence total qui règne dans cette l'église. A peine entend-on les piétinements du public et les bruits des chaises déplacées. J'aurais dû me documenter sur l'église qui contient bon nombre de trésors. Les chapelles le long des allées latérales valent la peine d'être visitées.

J'en suis là de mes réflexions quand je vois une jeune fille apparaître devant moi dans l'allée centrale. Cheveux bruns relativement courts, visage régulier marqué par ses grands yeux noirs. Elle porte un manteau qui empêche de juger du reste de son physique. Elle s'approche de moi, nos regards se croisent brièvement, elle est sur le point de passer derrière moi dans l'allée.

Mais non ! Elle emprunte la rangée dans laquelle je suis assis, passe devant moi en s'excusant et s'assied tout près sur la première chaise à ma gauche. Que se passe-t-il ? La jeune fille, elle est là, assise sur la chaise à côté de la mienne, alors que l'église est vide. Pourquoi s'est-elle installée à cette place, juste à mes côtés? Je ne la connais pas, jamais vue de ma vie. Bizarre !

Je redresse le buste, le regard droit devant moi, immobile, comme paralysé. Il faut que je fasse quelque chose, je ne peux pas rester comme cela sans rien faire. Je ne sais pas combien de temps je suis resté là, une éternité. Timide, je tourne la tête très légèrement vers la gauche pour voir. Rien – il faut que je tourne la tête un peu plus. Cà y est, je la vois. Elle a un magazine sur les genoux qu'elle consulte, tête baissée. Elle ne s'occupe pas de moi.

Enfin, je me décide. Je respire un bon coup, me tourne vers elle et prononce alors la phrase qui va marquer le vingtième siècle à tout jamais :

« Aaah ! - Ca commence à se remplir ».[9]

Ma voisine lève la tête, un léger sourire, regarde autour d'elle et me répond :

« Oui ».

9Souvenir précis – phrase véridique.

Heureusement que ma voisine est bienveillante, elle ne s'est pas moqué de moi et de ma débilité. Nous bavardons maintenant tout à fait normalement. Ma voisine est d'accord avec moi pour dire que le concert a été d'une excellente qualité. Elle accepte de prendre un dernière verre au bistro du coin.

Tout se passe bien, nous échangeons tranquillement. Mais voilà que je sens un imperceptible changement dans son attitude. Ses réactions sont plus courtes, plus froides, et finalement elle me propose d'en arrêter là. Je suis abasourdi, elle est déjà levée pour partir, je ne peux que l'accompagner vers la sortie après avoir payé l'addition. Je lui fais un petit bisou sur la joue pour lui signifier combien je regrette sa décision.

Que s'est-il passé ? Aucune idée – ou alors une interprétation tirée par les cheveux. Je lui ai en effet raconté que j'étais luxembourgeois, que je travaillais à Paris, que j'étais polyglotte quatre langues, que j'avais la double culture française-allemande, et que j'étais ingénieur électronicien. Tout cela est vrai, mais je peux imaginer qu'elle considère que j'exagère, que j'étais un dragueur qui mettait le paquet pour l'impressionner par ce ramassis - pour elle - invraisemblable. Peut-être y a-t-il d'autres raisons toutes bêtes que je ne vois pas, comme tout simplement 'elle a un copain'. Voilà une rencontre qui s'arrête en ayant à peine commencé. Me voici de nouveau tout seul.

9,3, Pariscope

<u>Premier trimestre 1970</u>

PARISCOPE[10] *est un hebdomadaire qui publie chaque semaine toutes les informations possibles et imaginables sur ce qui se passe à Paris et sa région en matière de distractions, sorties et autres activités. (A rappeler que Internet n'existe pas encore). Sont concernés toutes les salles de cinéma et leurs programmes détaillés, les théâtres, les salles de concert et de spectacles, les musées et expositions, etc etc Aux dernières pages se trouvent les coordonnées des clubs et cercles de rencontres de tous genres, coquines et sérieuses.*

C'est à ces derniers que je m'intéresse en particulier. Pour bénéficier de rencontres, il faut envoyer par courrier ses coordonnées, son profil, ses goûts, éventuellement sa photo, et exprimer ses souhaits concernant la partenaire. Un chèque pour le paiement, à rappeler que la carte de crédit et les transferts électroniques n'existent pas encore. En retour je recevrai une fiche avec les données d'une partenaire proposée. Je rappelle que tout ce processus se passe par courrier papier.

Me voici lancé dans cette aventure, curieux de voir les résultats.

Mon attente n'a pas été trop longue. Leur système a l'air de bien fonctionner. Voici une première lettre que je m'empresse d'ouvrir:

Hedda – une jeune Allemande, décoratrice d'intérieur à Paris – sans photo.

---

10 Publicité permise car le journal a disparu, victime d'Internet

Autre bonne surprise : ils prennent le soin d'étudier mon dossier et de sélectionner la personne qui répond au mieux à mon profil, puisque, de culture franco-allemande, ils me proposent une Allemande.

Je ne me souviens plus comment concrètement, les contacts s'établissent par la suite. Je n'ai pas le téléphone dans mon studio, peut-être que j'appelle du bureau ou d'une cabine téléphonique. Il se peut aussi que les candidates n'ont pas le téléphone non plus, ou ne tiennent pas à le communiquer. Dans ce cas nous reprenons le bon vieux courrier papier. Le processus est lourd, mais de mémoire, il n'y a pas eu de véritables ratés.

Mon premier rendez-vous avec Hedda :

lieu = un café près de l'Hôtel de Ville de Paris

signe de reconnaissance = je porte le Figaro sous le bras

heure = cinq heure pour prendre un verre, puis restaurant

Je suis en avance. Mon coeur bat de plus en plus fort à l'approche de l'heure fatidique. La voici qui arrive, elle m'a reconnu, me fait un signe de loin en souriant. Hedda est très belle, je lui souris en retour. Nous nous serrons la main, pas plus pour un tout premier contact. Je suis soulagé, tout s'est bien passé, je la regarde, je suis si content.

Le contact est très facile, la soirée se passe merveilleusement bien . Nous avons convenu de parler français, déjà par habitude, et aussi pour ne pas donner l'impression aux gens d'être des touristes allemands en vadrouille.

Nous finissons la soirée dans un club de jazz de St. Germain des Prés. L'ambiance est à son comble, les musiciens sont en forme. Moi aussi, car je m'approche de Hedda pour essayer de l'embrasser. Et pourtant je n'avais pratiquement pas bu d'alcool. C'est simplement ses charmes qui m'attirent. Hedda me repousse gentiment, pose un doigt sur ma bouche en souriant. Affaire close.

Ce petit incident n'a en rien entaché notre relation. J'ai compris, je ne recommencerai plus. Au fil du temps nous nous entendons de mieux en mieux, nous nous rapprochons de plus en plus. Mais j'ai toujours cette première soirée en tête, je n'ose pas franchir le pas. C'est bête, c'est d'autant plus bête si on pense à la façon dont notre relation s'arrêtera. A voir plus tard.

Peu de temps après, je reçois une deuxième candidature. Elle est sélectionnée avec soin comme la première. Il s'agit en effet d'une jeune fille alsacienne.

Cette fois, c'est un raté complet. Elle me donne l'impression d'être très jeune – majeure de par la loi bien sûr, mais surtout elle est excessivement timorée, d'une timidité presque maladive. Elle sursaute au moindre de mes gestes, recule sur sa chaise, m'évite, bien que je ne bouge pratiquement pas. Elle baisse les yeux, évite mon regard. J'essaie de lui parler calmement, la rassurer de je ne sais quoi, la décontracter. Peu de succès. Conséquence – je commence à m'énerver.

Bref – la soirée et la jeune personne seront mises aux oubliettes.

<u>*Deuxième trimestre 1970*</u>

APRES CES DEUX CONTACTS, je commence à recevoir de plus en plus de lettres à un rythme élevé, une vraie avalanche. Je me rends compte que les organisateurs ne procèdent plus à aucune sélection. Ils doivent être en train de vider leurs stocks. Je n'ai aucune idée du nombre total de lettres reçues. Dans mes archives j'ai quatre photos de jeunes filles, format carte d'identité. Aucune de ces photos n'évoque un quelconque souvenir. Si on sait que les photos étaient minoritaires, que j'en ai certainement égarées, on peut estimer que le nombre total de candidatures reçues peut facilement atteindre et dépasser la trentaine.

Vu que dans cette masse peut se cacher l'une ou l'autre perle rare, je prends la décision de rencontrer systématiquement toutes les candidates sans exclusion, ce qui a comme conséquence que certains weekends, je donne quatre rendez-vous, un le samedi après-midi, un le samedi soir, et pareil le dimanche.

Je ne résiste pas au plaisir de vous présenter quelques portraits parmi les plus significatifs des personnages rencontrés :

- la jeune institutrice au visage sec et sévère

- la fille de fermier normand aux joues rouges et rondes comme leurs pommes

- la fille qui n'arrête pas de me flatter pour être retenue

- la fille qui se fâche parce que je ne la flatte pas

- la fille qui se fâche à mort parce que, au fil de nos échanges, je lui avais suggéré une légère modification de sa coiffure

- la pseudo-intellectuelle qui m'assomme de ses réflexions philosophiques et me lance soudain la phrase :   « Et Dieu dans tout cela »[11] *?*

- la désespérée qui me supplie les larmes aux yeux de la revoir le lendemain, « cà s'est si bien passé aujourd'hui ». C'est difficile de dire 'Non' dans ce cas, çà fait mal au coeur, mais je l'ai fait.

Aucune des candidates ci-dessus n'a été retenue. La majorité des autres subissent le même sort. Quelquefois je revois telle candidate une deuxième fois, on ne sait jamais. Je me souviens aussi que, à la fin du rendez-vous, il m'arrive de proposer à mon invitée une promenade à pieds, laquelle à force de bavarder, sans y prêter attention, peut durer deux heures de marche. Si on veut avoir les faveurs de Jean Pierre, il faut être une bonne marcheuse!

Cette opération de grande envergure m'a permis, en peu de semaines, de rencontrer des dizaines de jeunes filles toutes plus jolies les unes que les autres. Aucune n'a trouvé grâce auprès de moi, à l'exception de deux personnages intéressants, Loraine et Margot. Je vous raconterai nos rencontres dans les chapitres à suivre. Nous arriverons ainsi à la fin de mon récit.

Je vous rappelle que pendant tout ce temps, je continue à voir régulièrement ma copine Hedda qui ne sait rien de ce qui se passe autour de moi, comme moi je ne sais rien sur elle.

---

11 Souvenir précis, phrase authentique

9,4, Loraine

LORAINE A UN PHYSIQUE assez moyen, en particulier son visage est plutôt ingrat. Elle compense ce handicap par des traits de caractère largement au-dessus de la normale. Intelligente, vive, imaginative, elle est très à l'aise en société où elle se fait remarquer par l'aisance de son parler. Elle est issue d'une grande famille de province, ce qui m'amène à lui demander pourquoi elle s'adresse à ce club de rencontres alors qu'elle doit avoir un choix étendu de contacts intéressants dans les réseaux de sa famille. Sa réponse est claire, elle veut son indépendance et se détache de plus en plus de sa famille.

Nos deux premières rencontres se passent très bien. Je ne peux pas dire que Loraine m'attire physiquement, mais avec elle, je ne vois pas le temps passer, tellement nos discussions sont intéressantes et vives. Pour la troisième fois, elle me propose de venir chez elle prendre un verre avant de décider d'une sortie dans Paris.

Son studio est très bien agencé avec un coin cuisine et salle de bains d'un côté, la chambre à coucher ainsi qu'un salon avec canapé et fauteuil donnent sur un jardin intérieur. Loraine m'accueille avec un grand sourire et m'invite à prendre place sur le canapé. Les gâteaux apéritif sont prêts, une demi-bouteille de champagne attend d'être ouverte.

Elle s'assied sur une chaise en face de moi :

« Loraine, pourquoi tu ne t'assieds pas sur le fauteuil, tu seras plus confortable » ?

« Non il n'y a pas de problème, c'est pour mieux te servir ».

« Mais je veux bien t'aider, tu sais ».

Nous trinquons le champagne, les gâteaux sont délicieux, nous plaisantons, belle ambiance. Je suis en train de lui raconter ma semaine passée quand mon regard se bloque sur Loraine, plus exactement sur ses jambes. Assise sur sa chaise, elle se présente à moi ses jambes ouvertes. Le spectacle me coupe le souffle, je ne peux pas détacher mon regard. Je vois sa culotte au fond, couleur blanche avec des motifs jaunes.[12]

Je me ressaisis, je la regarde en faisant de mon mieux pour paraître normal. Pendant cette courte scène, Loraine a le regard fixé sur moi pour connaître ma réaction. Ne voyant aucune réaction particulière de mon côté, elle se lève pour aller dans la cuisine, sans doute déçue, peut-être même honteuse. J'ai aussi compris pourquoi elle s'est assise sur une chaise : sa position surélevée par rapport à moi m'offre une meilleure vue sur son anatomie. Tout est étudié en détail.

Je me lève et la suit en cuisine. Elle me tourne le dos, appuyée sur la table desserte. Derrière elle, je l'entoure de mes bras et la serre doucement. Je dépose un baiser tendre dans le cou, puis d'un ton doux, apaisant :

« Loraine, viens – allons au restaurant ».

Elle se retourne, se met dans le creux de mon épaule et murmure à peine audible :

« Pardon ».

« Non Loraine, oublie – il n'y a rien à pardonner ».

---

12 La scène est authentique, les dialogues sont fictifs.

Un nouveau baiser sur sa joue en caressant ses cheveux. Nous passons une agréable soirée au restaurant. L'incident est oublié.

<u>Trois mois plus tard</u>

TOUT SE PASSE BIEN, j'apprécie beaucoup cette fille vive, intelligente. Je ne suis toujours pas attiré plus que cela par ses charmes physiques. Ce n'est sûrement pas le cas de son côté, mais après son faux-pas, elle n'ose plus tellement me proposer ce dont elle a sans doute le plus envie.

Ce soir nous sommes invités à une soirée 'filles et garçons'. Ce sont deux copines de Loraine qui l'organisent dans un grand appartement. Nous avons tous à peu près le même profil ce qui fait que l'ambiance est excellente. Dès le début, j'ai la drôle d'impression que je me suis fait harponner par une petite très mignonne. Pour les garçons, on dirait qu'elle me drague, pour les filles on dira qu'elle m'allume. Je brûle en effet de tous les côtés, je n'ai plus d'yeux que pour elle. Loraine n'existe plus. Je n'ai gardé aucun souvenir de la séductrice, ni prénom, ni aucun autre renseignement. Elle est de taille relativement petite, très bavarde, des gestes sensuels, des yeux séducteurs, bref je me suis fait attraper comme un novice. Mais après tout, pourquoi pas ? Pour une fois que les rôles fille-garçon sont inversés.

A la fin de la soirée je brûle évidemment d'envie de partir avec elle, tout en ignorant complètement Loraine. Au moment de nous séparer – je me souviens que c'est au métro Concorde – je veux m'assurer d'un nouveau rendez-vous dès que possible avec cette super Nana. Sourire aux lèvres :

« Non non – Jean Pierre. On en reste là. Merci pour cette belle soirée, c'était super. Bye, bye!! ».

Elle me fait un dernier de ses clins d'oeil coquins, puis s'échappe. Je me trouve comme un idiot tout seul dans le couloir du métro. La Nana s'est bien moquée de moi.

Conséquence évidente : Loraine refusera d'être encore mon amie, vu avec quel manque de respect je l'ai traitée. Bien fait pour moi, plus goujat n'existe pas.

9,5, Margot

TOUTES LES HISTOIRES comprises dans le présent récit se sont déroulées il y a un demi siècle. Dans ce cas il est difficile d'en connaître la chronologie si on ne peut pas s'appuyer sur des éléments tangibles.

Pour situer l'histoire de Margot dans le temps, je peux m'appuyer sur le fait que – enceinte – elle a accouché aux environs de la fin 1970, pour fixer les idées disons décembre 1970. Donc le bébé a été conçu vers mars 1970. Quand je rencontre Margot, elle est enceinte d'à peu près un mois, donc environ avril 1970. Cette date est vraisemblable, allons-y pour le récit.

Comme pour toutes les filles, je fais la connaissance de Margot par le courrier de Pariscope. Dès le tout début je suis fortement impressionné par sa nature. Bien qu'elle m'annonce de prime abord qu'elle est enceinte, je ne change rien dans mon approche. Une chose est claire : je n'ai pas une envie folle de coucher avec elle. Ce refus se renforce au fur et à mesure du développement de sa grossesse. Sa beauté est du genre modeste, mais tout en elle respire le calme et la sérénité, les traits de son visage, *son regard, sa voix, son comportement serein. Je me sens tellement bien en sa compagnie.*

Son ami le géniteur, est un officier français, de race noire. Elle était en transes devant son corps sculptural, me dit-elle. D'après ce que j'ai retenu de leur histoire, dès qu'il apprend l'état de Margot, il signe son détachement pour deux ans à Mururoa, le site nucléaire perdu au milieu de l'océan indien où se déroulent les essais de la bombe atomique française. Il promet de répondre à ses lettres et de revenir auprès d'elle à la fin de son détachement pour s'occuper de son bébé. Pas la moindre lettre de réponse de la part de son officier, la voilà toute seule avec son bébé à venir.

Quant à moi, je ressens un sentiment bizarre envers elle, fait de curiosité (cette fille a le ventre rond), de fierté (je suis le seul parmi mes amis à être avec une fille enceinte). A ce moment je ne pense pas du tout aux implications de toutes sortes que son état entraîne. Quelle immaturité !

Heureusement, avec le temps qui passe, je comprends que nous ne jouons pas à un jeu avec une poupée. Margot porte en son sein un être vivant, elle le nourrit, elle fait en sorte qu'il se développe, nous sommes en présence de la vraie vie. Je commence à comprendre que la situation est sérieuse. Dans ce cas, vais-je rester auprès d'elle ? Rester pourquoi faire ?

Dans l'immédiat j'opte pour le maintien auprès de Margot. Quelque part je suis content d'être présent pour la soulager par ma présence dans ses tâches quotidiennes et l'aider à garder le moral. Il est clair qu'elle ne voit pas toujours la vie en rose. Je sens à certains indices qu'elle souhaite ardemment coucher avec moi. Malheureusement pour elle, je ne suis pas partant pour une telle aventure.

Au sujet de mon refus de coucher, j'ai un souvenir en particulier. Je suis chez elle, dans son studio. Le fait que je sois chez elle, est déjà un signe que nous avons atteint un certain niveau d'intimité et de confiance.

Elle habite rue du Renard, dans le quartier du Marais, derrière le Centre Pompidou. La rue du Renard à l'adresse où elle habite, est très étroite, le soleil a peu de chances d'entrer dans son studio.

Nous sommes en train de discuter autour de la table quand elle constate qu'un bouton manque à ma chemise. Elle me demande d'ôter ma chemise pour qu'elle puisse le recoudre. Je reste torse nu à la table pendant qu'elle fait le travail.

Je me trouve sur le lit, toujours torse nu, Margot est à mes côtés. Nous discutons, ne faisons rien de particulier. Pour une raison ou une autre je vois la TV aux pieds de son lit et la mets en marche. Un match de football est en cours. Cela m'intéresse, je m'installe confortablement et m'y plonge jusqu'à sa fin.

Dans mes souvenirs je ne me souviens plus de Margot qui se trouve à mes côté sur le lit. Rien non plus sur mon départ. J'estime que Margot a le droit de m'engueuler sérieusement pour ce geste et j'espère qu'elle l'a fait avec force.

A part l'épisode du match de football à la télé, aucun évènement marquant ne me vient à l'esprit. Ce qui se remarque par contre, ce sont ses formes qui s'arrondissent. Pour moi c'est mon refus qui se renforce, j'ai de moins en moins envie de coucher avec une femme enceinte. Instinctivement cette idée me répugne de plus en plus, d'autant plus que le bébé n'est pas de moi.

De l'autre côté, je continue à voir ma copine Hedda. Elle – ses formes ne s'arrondissent pas. Elles me plaisent même de plus en plus. Un de ces jours il me faut vraiment prendre mon courage à deux mains et essayer de franchir le pas. Cà ne peut plus durer, je ne tiens plus le coup, belle comme elle est.

Pour être complet, j'ai aussi Loraine. Quel homme ! Trois femmes en même temps. Vous noterez néanmoins que je n'ai aucun commerce sexuel avec aucune de ces trois partenaires. Sans connaître la chronologie, je pense que bientôt Loraine devrait disparaître de la scène, après ma folle soirée avec cette séductrice de Nana.

Août 1970

Les vacances approchent – ce seront mes premiers congés payés ! Je ne fais pas de projets, au pire j'irai chez ma sœur à Troisvierges. Répéter les folles vacances de l'année passée, ce serait incroyable.

Margot vient me proposer de partir en vacances tous les deux, elle s'occuperait de tout. Bien entendu je suis preneur, cela m'arrange. Nous voici au Boulou, une petite ville au sud de Perpignan, aux pieds des Pyrénées orientales, tout près de la frontière espagnole.

Nous profitons des nombreuses excursions en car dans les environs. Je sens à certains signes que Margot s'impatiente, elle attend désespérément que je m'occupe enfin d'elle au lit. Moi je ne réagis pas, je vois ses formes grossir de jour en jour. Rien dans son corps ne m'excite, tout me repousse. Mais je me refuse de le lui dire pour ne pas la blesser, car de toute évidence, depuis le début elle a assumé sa grossesse.

Un après-midi au retour d'une excursion, nous nous trouvons à bavarder dans sa chambre, en attendant le dîner. Elle me montre un tube de pommade :

« Regarde Jean Pierre, voici la pommade que je vais me mettre à partir de maintenant sur mon corps, mes seins, mon ventre. C'est pour empêcher les vergetures ».

Elle m'explique que cette pommade graisseuse traite les vergetures qui apparaissent sur la peau dans le cas où celle-ci est très tendue à cause d'une obésité ou grossesse. Alors là, je reçois le coup de grâce. Non seulement je suis repoussé par les seins volumineux et le gros ventre, en plus je suis carrément dégoûté en imaginant la pommade grasse qui dégouline sur son anatomie.

L'excursion que j'aime le plus est la montée sur le Canigou, le sommet le plus élevé des Pyrénées orientales. Cà me change des villes d'eau de la région, où les couples descendent du car pour aller s'installer dans la pâtisserie la plus proche. Ici le car s'arrête à côté de véhicules du genre tout terrain équipés de six places assises en décapoté à l'arrière.

La dernière étape est la montée à pieds à partir du refuge. Peu de courageux pour monter jusqu'au sommet, en empruntant un vrai sentier de montagne tout cailloureux avec de grosses pierres dans tous les sens. Aucun problème pour moi. Je découvre avec surprise que Margot est partante – une belle qualité de courage physique. Une seule crainte : ni elle, ni moi, n'avons les chaussures adéquates. Nos simples baskets ne protègent nullement des risques de chutes et d'entorses.

Pendant la montée, je lui donne ma main ferme et recommande de faire particulièrement attention. Les gens que nous croisons admirent ce couple, la femme enceinte pleine de courage et le mari qui prend soin d'elle. J'avoue que je suis bien fier de moi.

Durant la redescente dans la vallée, nous sommes surpris par une averse. La pluie est forte et l'eau froide. Nous n'avions rien prévu pour nous couvrir et le véhicule n'offre aucune protection. Du coup, je m'assieds tout contre elle, l'entoure de mes bras et la serre contre moi. Ainsi je la protège de mon corps, elle – et son bébé – sont bien au sec et moi, ce n'est pas grave, je suis trempé jusqu'aux os. Je suis content de me sacrifier pour le bien de la mère et de l'enfant.

Le soir après le dîner, pour rejoindre nos chambres, Margot vient se presser contre moi :

« Jean Pierre, tu veux qu'on aille dans ta chambre ou dans la mienne » ?

Je commence à avoir un doute affreux :

« Pourquoi veux-tu aller dans ma chambre » ?

« Mais Jean Pierre, c'est pour coucher avec toi. Tout à l'heure, dans la descente du Canigou, tu étais si gentil avec moi, j'étais si contente . Ne me dis pas que tu as changé d'avis, ce n'est pas possible».

« Non Margot. Je n'ai pas changé d'avis ».   - - - Une courte interruption, ça y est, je redoute le malentendu.

« Tu as mal compris ce que j'ai fait. En te serrant très fort dans mes bras, c'était pour te protéger de la pluie, toi et le bébé bien sûr. Tu sais que j'ai beaucoup d'affection pour toi, depuis le début de notre rencontre, mais jamais je n'ai ressenti le moindre sentiment pour toi autre qu'amical. Je pense que tu l'as bien compris ».

« Je ne te crois pas. Je ne peux pas imaginer un seul instant que tu n'aies jamais eu la moindre envie de moi. Nous sommes devenus très proches, même intimes dans certaines circonstances. Et puis, on ne part pas en vacances pendant dix jours avec une fille sans avoir l'idée de coucher avec elle. Ton rôle de grand Seigneur protégeant la femme et l'enfant, il ne te va pas. C'est ridicule ».

Je suis très mal à l'aise. La seule réponse possible, la vraie, c'est que je n'arrive pas à coucher avec elle, à cause de la répugnance qu'elle m'inspire. Je me refuse de lui dire cette vérité par peur de la blesser dans sa dignité.

Je ne me souviens plus de ma réponse, elle était sûrement confuse. J'ai passé une très mauvaise nuit avec toutes ces pensées qui tournoient dans ma tête.

9,6, Final

APRÈS CE MALHEUREUX INCIDENT du Canigou, nos vacances se terminent sans anicroche. Chacun reprend ses occupations.

L'automne approche, puis l'accouchement de Margot à la fin de l'année. Je vois ses formes qui sont maintenant très arrondies. Je vois le bébé qui apparaît sous ses aspects de plus en plus réels et concrets. Tout naturellement je me détache de Margot et de son futur bébé, car je ne veux en aucune façon être intégré dans leur future vie.

Par contre, je m'empresse de reprendre contact avec Hedda. Je me rends compte qu'elle m'a manqué énormément pendant les vacances. Nous avons perdu du temps avec mes hésitations et voltes-faces. Cette fois-ci je suis bien décidé à franchir le pas une fois pour toutes.

Pour profiter de cette superbe fin d'été à Paris, nous sommes installés sur une de nos terrasses préférées. Hedda a manifestement profité des vacances, elle est en pleine forme, son hâle la rend plus belle que jamais. Je la regarde en réfléchissant sur la meilleure façon de la convaincre. Je me prépare des phrases qui plaideront en faveur notre rencontre intime - enfin. Mes pensées sont ailleurs, dans un endroit qui ressemble plutôt à ma chambre à coucher. Distrait – je n'écoute pas vraiment ses gais bavardages. Elle se tourne vers moi :

« Et toi Jean Pierre, qu'as tu fait pendant tes vacances. En tout cas tu es bien bronzé ».

Distrait, je reviens sur terre :

« Eh bien oui. J'ai passé quinze jours à la mer du côté de Perpignan. C'était très bien, j'ai été avec une fille, mais il ne s'est rien passé ».

Quelle bêtise ! Je suis en train de réfléchir à la façon dont je veux convaincre Hedda à coucher avec moi – et voilà – distrait - je dis l'unique chose qu'il ne faut pas dire. Bien sûr, Hedda sursaute :

« Quoi ! Tu me racontes froidement que tu as passé deux semaines de vacances à la mer avec une fille. Et tu as le culot en plus de me dire que rien ne s'est passé. Mais tu me prends pour une idiote ? »

« Non Hedda – je te jure que c'est vrai ».

Elle se lève d'un geste brusque, rassemble ses affaires et quitte la terrasse précipitamment. En se retournant :

« Tu me déçois vraiment . Je croyais que tu étais un homme honnête ». Je lui crie mon désespoir :

« Je ne te mens pas, c'est vrai. Ecoute-moi un seul instant ».

Sans se retourner elle me fait un geste du bras – elle a disparu.

Voilà comment on perd celle qui aurait pu devenir la femme de ma vie. Une bêtise incroyable.

LA FIN DE L'ANNEE 1970 arrive. Bien que nos relations se soient relâchées, j'apprends que Margot a accouché d'un petit garçon (à l'époque on ne connaissait pas le sexe du bébé à l'avance). Puis, un soir elle m'invite à dîner pour me parler. Je choisis un beau restaurant réputé à l'époque, à Ville d'Avray, restaurant dont je ne me souviens plus du nom. Il était connu pour son site dominant les étangs rendus célèbres par les peintures de Corot . De leurs tables les clients voient à travers de grandes baies panoramiques les paysages 'à la Corot', lesquels changent la nuit sous l'effet d'un éclairage doux, chaleureux, très romantique.

Le décor de la salle du restaurant est en harmonie avec le cadre extérieur : tissus beige aux murs, éclairage indirect très doux, bougies sur les tables.

Le hasard fait que quelques semaines avant notre dîner, j'avais vu un très beau film qui se déroule en partie sur le site des étangs. Il s'appelle « Les Dimanches de Ville d'Avray » et avait reçu un Oscar.

Nous sommes tous les deux sous le charme nocturne empreint de romantisme. Je sens que Margot n'est pas dans son état normal. De toute évidence elle m'a invité pour me parler d'un problème important, mais lequel ? Après nos bavardages courants elle se décide :

« Jean Pierre, maintenant que j'ai mon enfant, je me rends compte que sa prise en charge me cause beaucoup de soucis. Je suis débordée de tous les côtés, alors je me demande si tu ne peux pas me donner un coup de main. Je précise que, pour toi, ce n'est pas tellement la prise en charge quotidienne qui me préoccupe, mais plutôt un problème fondamental, à savoir la présence masculine auprès de mon petit garçon. Je me demande si tu ne voulais pas assurer, d'une façon ou d'une autre, ce rôle important pour l'éducation de l'enfant. Voilà comme je vois les choses :

D'abord en ce qui concerne toi et moi – tu fais ce que tu veux. Peut-être que, après ma grossesse tu auras de nouveau envie de moi – je l'espère – je suis sûre que nous serons heureux ensemble. Sinon je te laisse entière liberté. Cependant je voudrais, dans tous les cas de figure, que tu sois présent auprès du bébé pour qu'il ait une présence masculine dans sa vie naissante. Qu'en penses-tu » ?

Celle-là je ne l'avais pas imaginée. Etre en quelque sorte le tuteur de son petit garçon, et çà quelque soit la situation maritale entre Margot et moi . Pas besoin de réfléchir longtemps :

« Ecoute Margot. Je comprends ton idée, la masculinité est indispensable dans la formation et le développement du petit garçon. Mais moi je ne vois pas comment je peux assurer cette fonction. Tel que je me connais, je commencerai à aimer cet petit être, puis je l'aimerai comme un fils. Nous serons devant un problème insurmontable.

N'oublie pas qu'il sera un métisse. Le problème sera de son côté. Au début, c'est son instinct qui lui fera sentir sa différence par rapport à moi. Quand il sera plus grand, il me demandera des comptes, ce sera terrible. Puis il exigera avec raison que tu lui racontes son géniteur, puis il le trouvera, et moi et mon amour n'existeront plus».

Durant notre entretien, je fais quelque chose que je n'avais encore jamais fait avec Margot. Par dessus la table, je prends sa main, je la presse doucement, je la caresse. Tous les deux, main dans la main, nous sommes en pleurs. Nous offrons un drôle de spectacle à nos voisins de table.

APRES CETTE SOIREE MEMORABLE à Ville d'Avray, je reprends la séparation que j'avais entamée bien avant son accouchement. Je veille avec soin à garder mes distances aussi bien mentales que physiques avec Margot et son bébé.

Le résultat en clair c'est que je suis redevenu un célibataire à temps plein, après la disparition de mes trois héroïnes, Loraine, Hedda et Margot. Dire que il y a seulement quelques mois, je croulais sous les candidatures de jeunes filles, avec quatre rendez-vous par weekend. Mais voyons la suite !

Le temps est très beau, le soleil est de la partie, la température douce. Nous devons être au début du printemps 1971. Je reçois une lettre de Margot m'invitant à venir voir son bébé.

La rencontre se passe chez ses parents, elle m'indique le train à prendre, la gare où elle m'attendra. Tout se passe bien, je suis au bon endroit. En même temps que moi, elle a invité sa copine que nous retrouvons à la gare. Nous faisons le trajet à pieds, Margot au milieu, moi à sa droite, la copine à sa gauche.

En bavardant je jette un coup d'oeil vers la gauche. Elle n'est pas mal du tout cette copine. La maison des parents n'est pas loin. Je regarde de plus en plus souvent vers la gauche – vraiment cette fille est exceptionnelle. A la porte d'entrée de la maison des parents, Margot passe en premier, je laisse le passage à la copine, elle passe devant moi, je la regarde encore et encore.

Je me dis à moi-même : « Cette fille-là sera pour moi, c'est évident ! »

J'ai rencontré ma douce femme - Marie Claude !!

TABLE

1 Introduction

1,1, Présentation

1,2, Quelques acteurs

2 Scène de la rue

3 La Carmen du quartier

4 Rhéa

4,1, A l'opéra

4,2, L'orage

4,3, La maisonnette

4,4, Les vacances

4,5, Final

5 Michelle

6 Lucy

6,1, Le Forum Club

6,2, Problèmes

6,3, La soirée Whisky

6,4, Mes soucis et mes peines

6,5, Mes études. La grande décision

6,6, Final

7   Justine

7,1,   Présentation

7,2,   Les vacances

7,3,   La famille

7,4,   Découvertes

7,5,   La décision

7,6,   Candidate

8   Luxembourg

8,1,   Eté 1969. Epoque charnière

8,2,   La vie est belle

8,3,   La surprise

9   Les petites femmes de Paris

9,1,   Les débuts

9,2,   Etrange rencontre

9,3,   Pariscope

9,4,   Loraine

9,5,   Margot

9,6,   Final